U0632656

共和国故事

红色丝带

全国防治艾滋病工作全面启动

陈栎宇　编写

吉林出版集团有限责任公司

图书在版编目（CIP）数据

红色丝带：全国防治艾滋病工作全面启动/陈栎宇编.
—长春：吉林出版集团有限责任公司，2009.12
（共和国故事）
ISBN 978-7-5463-1910-0

Ⅰ.①红… Ⅱ.①陈… Ⅲ.①纪实文学－中国－当代 Ⅳ.①I25

中国版本图书馆 CIP 数据核字（2009）第 237727 号

红色丝带——全国防治艾滋病工作全面启动

编写 陈栎宇
责编 祖航
出版发行 吉林出版集团有限责任公司
印刷 北京楠海印刷厂
版次 2011 年 3 月第 1 版　　2016年3月第9次印刷
开本 710mm×1000mm 1/16　　印张 8 字数 69 千
书号 ISBN 978-7-5463-1910-0　　定价 29.80 元
社址 长春市人民大街 4646 号　　邮编 130021
电话 0431－85618720　　传真 0431－85618721
电子邮箱 sxwh00110@163.com

前　言

自1949年10月1日中华人民共和国成立至今,新中国已走过了60年的风雨历程。历史是一面镜子,我们可以从多视角、多侧面对其进行解读。然而有一点是可以肯定的,那就是,半个多世纪以来,在中国共产党的领导下,中国的政治、经济、军事、外交、文化、教育、科技、社会、民生等领域,都发生了深刻的变化,中国人民站起来了,中华民族已屹立于世界民族之林。

60年是短暂的,但这60年带给中国的却是极不平凡的。60年的神州大地经历了沧桑巨变。从开国大典到60年国庆盛典,从经济战线上的三大战役到经济总量居世界第三位,从对农业、手工业、资本主义工商业的三大改造到社会主义市场经济体制的基本确立,从宜将剩勇追穷寇到建立了强大的国防军,从废除一切不平等条约到独立自主的和平外交政策,从"双百"方针到体制改革后的文化事业欣欣向荣,从扫除文盲到实施科教兴国战略建设新型国家,从翻身解放到实现小康社会,凡此种种,中国人民在每个领域无不留下发展的足迹,写就不朽的诗篇。

60年的时间在历史的长河中可谓沧海一粟。其间究竟发生了些什么,怎样发生的,过程怎样,结果如何,却非人人都清楚知道的。对此,亲身经历者或可鲜活如昨,但对后来者来说却可能只是一个概念，对某段历史的记忆影像或不存在或是模糊的。基于此，为了让年轻人，特别是青少年永远铭记共和国这段不朽的历史，我们推出了这套《共和国故事》。

《共和国故事》虽为故事，但却与戏说无关，我们不过是想借助通俗、富于感染力的文字记录这段历史。这套500册的丛书汇集了在共和国历史上具有深刻影响的500个重大历史事件。在丛书的谋篇布局上，我们尽量选取各个时代具有代表性的或深具普遍意义的若干事件加以叙述，使其能反映共和国发展的全景和脉络。为了使题目的设置不至于因大而空，我们着眼于每一重大历史事件的缘起、过程、结局、时间、地点、人物等，抓住点滴和些许小事，力求通透。

历史是复杂的，事态的发展因素也是多方面的。由于叙述者的视角、文化构成不同，对事件的认知或有不足，但这不会影响我们对整个历史事件的判断和思考，至于它能否清晰地表达出我们编辑这套书的本意，那只能交给读者去评判了。

这套丛书可谓是一部书写红色记忆的读物，它对于了解共和国的历史、中国共产党的英明领导和中国人民的伟大实践都是不可或缺的。同时，这套丛书又是一套普及性读物，既针对重点阅读人群，也适宜在全民中推广。相信它必将在我国开展的全民阅读活动中发挥大的作用，成为装备中小学图书馆、农家书屋、社区书屋、机关及企事业单位职工图书室、连队图书室等的重点选择对象。

编　者

2010年1月

目录

一、防治政策

二、国际合作

三、中央关怀

目录

一、防治政策

●2003年，针对中国艾滋病防治的严峻形势，国家对艾滋病病人及感染者开始实行“四免一关怀”政策。

●2004年2月26日，为切实加强对艾滋病防治工作的领导，动员和组织各方面力量进一步做好防治工作，国务院决定成立防治艾滋病工作委员会。

●2006年2月12日，国务院公布了温家宝总理签署的《艾滋病防治条例》，新华社受权播发。

制定艾滋病防治政策

1984年9月17日，由卫生部、经贸部和海关总署联合下发的《关于限制进口血液制品防止AIDS病传入我国的联合通知》，是我国颁布的第一个与艾滋病有关的政策性文件，其目的是阻止艾滋病由境外传入。

“联合通知”要求：

> 在限制进口血液制品的同时，为解决国内临床血液制品使用问题，我国要加大中国血液制品生产的能力。另一方面，要严密、严格地观察那些使用国外血液制品的患者，发现可疑病例要及时报告，医学情报部门要密切注意该病在国外的动态，并及时加以宣传。

自此，在一段时期内，我国艾滋病政策的特点是以防止“传入”为主。

自1985年我国首次报告艾滋病病例以来，在党中央、国务院的正确领导下，各地区、各部门认真研究制订防治规划，明确相关政策，开展健康教育，落实防治措施，加强患者救治，艾滋病防治工作取得了积极成效。

但从总体上看，我国艾滋病疫情仍呈快速上升趋势，其传播和蔓延的势头还没有得到有效遏制。与此同时，防治工作还存在宣传教育不够广泛、疫情监测不够落实、干预措施不够普及、法律法规不够健全、防治力量薄弱、技术手段欠缺、一些地区和部门对防治工作认识不够等问题。

为有效遏制艾滋病疫情快速上升的趋势，切实加强艾滋病防治工作，国务院相继制定出台了一系列相关政策和法律法规，使我国的“防艾”工作能够及时有效地进行下去。

艾滋病在世界上的第一例病例发生在1959年。当时，一名刚果籍男子死于一种不明原因的疾病。多年后对该男性的血液标本分析，才使其成为第一例被医学界确证的HIV感染者。

“HIV”是医学界对人类免疫缺陷病毒英文名字Human Immunodeficiency Virus的缩写，它是一种感染人类免疫系统细胞的慢病毒（Lentivirus），属反转录病毒的一种。

医学界普遍认为，人类免疫缺陷病毒的感染导致艾滋病（或译作“爱滋病”）艾滋病是后天性细胞免疫功能出现缺陷，从而导致严重机会感染，或者是继发肿瘤并致命的一种疾病。

1981年，美国加利福尼亚州和纽约的医师报告，卡氏肺孢子虫肺炎（PCP）和一种罕见的肿瘤“卡波济肉瘤”在男性同性恋人群中暴发。当时，美国疾病控制与预防中心也报道了相关消息。

这是医务界对艾滋病（AIDS）广泛关注的开始。该综合征当时被命名为“男性同性恋相关性免疫缺陷症”。

不久，美国疾病控制与预防中心报告，美国境内也发现452例此类病例，涉及23个州。1981年8月，这种疾病被正式命名为“获得性免疫缺陷综合征”。

这种综合征被发现与血液相关。不止在男性同性恋人群中，在女性、男性异性恋，吸毒者，血友病患者，接受输血者和婴儿中，也发现了这种综合征的病例。这种综合征被重新命名为“获得性免疫系统缺陷综合征”，即艾滋病（AIDS）。美国疾病控制与预防中心将其定义为一种流行病。

截至1984年底，美国共发现7699例艾滋病患者，其中3665例患者死亡。另外，在其他14个国家的报告中也发现了艾滋病病例。欧洲报告发现了762例艾滋病患者，英国报告共发现了108例艾滋病患者，其中46例死亡。

1986年，世界卫生组织颁布了全球艾滋病战略。

为了遏制艾滋病的传入，1986年12月3日，中国政府发布了《中华人民共和国外国人入境出境管理办法实施细则》；1989年3月6日，又发布了《中华人民共和国国境卫生检疫法实施细则》。

在这两个“细则”中规定，禁止患艾滋病、性病的外国人入境。

与此同时，严格限制血液制品进口，封存了1985年

10 月以前国外没有开展 HIV 抗体检测时进口的人血丙种球蛋白。

同时，卫生部着手对血液制品生产进行管理。为此，1988 年 4 月在《关于整顿血液制品生产管理的通知》中，要求对血液制品的血源监测，必须对献血员进行艾滋病毒抗体检测，要求各血液制品生产单位努力创造条件，逐步开展献血员的艾滋病毒抗体检测工作。

1987 年，我国颁发《全国预防艾滋病规划》，目的就是防止艾滋病的传入、发生和蔓延。

“规划”对宣传教育和培训、监测、检疫、科研以及国际合作提出工作要求。“规划”还提出，由国家设立艾滋病防治经费，要求地方提供经费用于当地的艾滋病监测控制。

根据国务院批准发布的《艾滋病监测管理的若干规定》，从 1988 年开始，对外宾、归国人员、暗娼及性病患者、宾馆服务人员、边境居民等八类重点人群监测；要求不得歧视艾滋病病人、感染者及其家属，不得将艾滋病病人姓名、住址等有关情况公布或传播；开展了监测和检测专业技术人员的培训工作；在中国预防医学科学院成立了艾滋病监测室和检测室。

国务院这一决策，就是想把艾滋病拒于国门之外。因为自从艾滋病在世界上出现以后，其传播速度是特别惊人的。

据当时统计，全世界约 2200 万人死于艾滋病，3610

万人感染上艾滋病病毒，全世界每天有8500多人成为新的艾滋病病毒感染者；据最新统计表明，全世界每天感染人数已逾万人。艾滋病，已经成为现代历史上最为严重的瘟疫。

艾滋病在全世界的传播过程中首先表现出来的就是蔓延的速度快、范围广，这是艾滋病传播中的一个最显著的特点。

再就是艾滋病已从城镇蔓延到农村。由于贫穷、文盲、妇女地位低下、人员流动频繁、缺乏防治艾滋病的基本知识，以及无法得到与防治有关的医疗服务等因素，农村地区的艾滋病迅速蔓延。在印度，有73%的艾滋病感染者生活在农村，在全球不少地区，农村的传播速度明显高于城镇。

尤其值得注意的是，发展中国家艾滋病患病率最高。亚洲地区，特别是南亚地区的艾滋病感染率也呈上升趋势。亚洲地区的艾滋病流行情况在国与国之间和一国内部不同地区之间的差别很大。在柬埔寨、缅甸和泰国，15岁至49岁的人中艾滋病感染率超过1%。印度是南亚和东南亚地区感染艾滋病病毒人数最多的国家，约占这一地区总数的三分之二。

1989年，《中华人民共和国传染病防治法》颁布，将艾滋病列入乙类传染病管理，要求对艾滋病病人采取隔离措施，并送到卫生部门指定的医疗单位治疗。

这是因为，艾滋病的传播途径主要有三种：性接触传播，血液传播，母婴传播。在我国，这三种传播途径均有报告，其中70%左右的人是经静脉吸毒感染的，而性接触感染的比例逐年上升。

艾滋病的医学临床表现上，从感染艾滋病病毒到发病有一个过程，临床上将这个过程分为四个时期。

急性期：指从受感染到血清中出现艾滋病病毒抗体这段时期，即感染后2至8周。

一部分病人在感染初期，没有任何症状。但有一部分病人在感染数天至3个月后，发生很似流行性感冒样或传染性单核细胞增多症样症状，约1至2周后，病人症状消失。这时在血液中查不到艾滋病病毒抗体。

无症状感染期：艾滋病病毒在人体内呈潜伏状态，也称潜伏期。

在急性期后，表现为无症状的健康人，做一般临床检查与常人无异，但体内有艾滋病病毒抗体。因为隐蔽性强，其活动不受任何限制，造成传播艾滋病的机会比有症状的病人要多。

潜伏期的长短与感染病毒的类型、病毒量及免疫系统的个体差异有关，如儿童的潜伏期短；经输血感染的病毒量多，潜伏期短，一般6个月到2年；经性接触途径感染的病毒量少，潜伏期长，一般10年，最长可达15年。

艾滋病前期：无症状感染期以后，出现与艾滋病有关的症状和体征，有人称之为艾滋病相关综合征，也有人称为持续性全身性淋巴结病。

艾滋病前期主要表现为持续性的淋巴结肿大，除了腹股沟部位外，至少还有两个部位以上（腋下、颈部）有淋巴结肿大、无痛、不粘连，持续 3 个月以上并且原因不明。

艾滋病病期：由于人体免疫系统被破坏，发生各种机会性感染以及肿瘤。

病变可表现为全身症状或肺部、皮肤、口腔、消化系统、神经系统、心血管系统、内分泌系统、肾脏、眼睛等各个系统的两至三个症状，或在不同时期出现不同症状。

艾滋病病毒终身传染，破坏人的免疫系统，使人体丧失抵抗各种疾病的能力。

艾滋病病毒比“非典”的冠状病毒要大一些，它的膜上有许多像蟾蜍背上肉瘤似的圆丘，有两种，分别叫做 gP120 和 gP41，这两个东西是艾滋病毒进入人体细胞的撬门工具，它们俩能在细胞膜上打洞钻孔，进入细胞内繁殖、发病。

通常艾滋病患者分为艾滋病毒感染者和艾滋病病人。前者是感染艾滋病病毒还没有发病的人，一旦发病，即为艾滋病病人。这时其体内病毒大量繁殖，机体已无反抗能力，各种传染病相继发生。

感染艾滋病病毒的人可以八九年不发病，虽是艾滋病病毒的携带者，但没有明显症状，貌似正常人。科学家现在才了解，在人体内近 10 年时间里，艾滋病病毒并非在睡大觉，而是每天都在与人体免疫细胞作战。在体内每天都有几亿个艾滋病病毒颗粒被杀灭，同时身体每天也损失数十亿个 T 淋巴细胞。

《中华人民共和国传染病防治法》的颁布，就是针对艾滋病病毒感染机理和传播途径制定的法规。

艾滋病病毒进入人体后，就开始进行一场淋巴细胞与艾滋病病毒的生死搏斗，成亿计的病毒被杀死，存活的病毒又大量繁殖，而人体的淋巴细胞也成千上万死亡，随后得到大量补偿。就这样日复一日地搏斗、死亡、重生、再搏斗。

然而，艾滋病病毒会拿出“变”的战术，不断地变更自己。最初基因约有 30% 改变了，这一变就把免疫系统搞蒙了，不知该不该杀死变化了的新病毒。就像在战场上一样，敌人老是变换军装和军旗，使得战士不敢放手杀敌。

艾滋病病毒的狠毒在于它们专找人体中称为“勇敢斗士”的淋巴细胞为敌，尤其是诱杀具有 CD4 标记的 T4 淋巴细胞。

T4 细胞每时每刻与艾滋病毒搏斗，每天约有数十亿个 T4 细胞被杀死，然后再生、再战斗、再死亡，直到机体的 T4 细胞全部战死为止。

此时，艾滋病发生了，人逐日地消瘦下去，各种传染病并发，不久生命将会终止。

人体的免疫系统是保卫身心健康和杀灭细菌、病毒的防卫大军，一旦免疫系统出了问题，失去战斗力，那么人体犹如一杯培养剂，任由各种细菌、病毒生长，最终被侵蚀而死亡。

而且，艾滋病病毒能狡猾躲避免疫杀伤。当艾滋病病毒钻入 T 淋巴细胞之后，使人和病毒的 DNA 混淆在一起。因此，最具警惕性的免疫系统也难以觉察和杀死它们。再加上，HIV 镶嵌于人体细胞的基因之中，随着每次细胞分裂，病毒的遗传物质也随复制进入每一个新细胞，不费吹灰之力，病毒就向全身扩展。

因为艾滋病病毒与人体细胞融为一体了，医学家绞尽脑汁 20 年，也没法抓出这名“窃贼”。

根据艾滋病上述这些特点，《中华人民共和国传染病防治法》颁布后，首先在组织机构上，针对我国部分地区重新出现性病流行及报告病例数大幅度上升的状况，1986 年，成立了全国性病防治中心，在监测性病的同时关注艾滋病的发病情况；1986 年 10 月，又成立了国家艾滋病预防和控制工作组；1988 年，建立了非政府组织“中国预防性病艾滋病基金会”。

这段时期，在艾滋病的宣传教育上，重点在旅游、开放城市，基本上是以防“传入为主”。

在 1989 年至 1993 年这个时期，我国局部地区出现艾滋病聚集流行，主要是集中在云南边境的静脉吸毒人群，同时，性病报告病例呈快速上升趋势。

1990 年，卫生部与世界卫生组织共同制订了《中国预防和控制艾滋病中期规划》，即“1990 年规划”，并要求部分省制订省级规划。

当时，依据“1990 年规划”要求，全国开始规范监测、检测工作，建立了监测哨点和部分省级艾滋病确认实验室以及检测实验室，培训了部分监测、检测、健康教育和干预、临床治疗人员；开展与世界卫生组织、联合国开发计划署等国际组织和其他国家的合作。

这一时期，部分地方政府根据中央政府的要求，开始制定针对当地特点的艾滋病防治政策。在打击卖淫嫖娼的同时，要求对卖淫嫖娼者强制进行性病检测、治疗；在打击贩毒吸毒的同时，对吸毒人员进行强制性戒毒。

但是，当时对这两类高危人群开展干预的政策制定和实施有一定的阻力，所以干预工作直到 1996 年才得以展开。

由于我国限制了血液制品的进口，各地的血液制品生产单位增加，生产量增加。

据“1990 年规划”分析，1990 年，全国有 95 家血液制品生产单位向卫生部报告情况，当时我国每年全血总采集量达 208 万人次，总采血浆约 7 万人次。与美国 4 家血液制品生产企业控制全美的血浆及血液制品的生产相比，中国当时的血液制品生产单位数量不少。

每次献血前，献血员均进行包括乙肝表面抗原在内的实验室检查，仅有少数的献血员进行了 HIV 抗体检测，一直未发现阳性者。同时，由于血液制品生产单位数量大，原料血需求市场大，出现了非法地下血站。

1990 年 9 月，在 1986 年成立的工作组的基础上，成立了国家艾滋病预防和控制专家委员会，增加了专家对政策制定建议作用和对全国的技术指导和审评；1993 年，建立了另一个“中国性病艾滋病防治协会”（NGO）。

这一时期，我国艾滋病防治核心策略，已经从防止传入转为控制艾滋病在中国蔓延，以及减少艾滋病和 HIV 感染相关的发病和死亡，减少艾滋病和 HIV 感染的社会影响，并且已经认识到多部门参与和全社会动员对防治艾滋病的重要性。

但也存在一些问题，部门间政策不协调，如干预政策；也有政策的执行力等问题，如对献血员进行 HIV 检测政策。

1995 年后，全国报告 HIV 感染者人数迅速上升，云南省吸毒人群中 HIV 感染流行地区已经明显扩大至全省各州，并且迅速传入新疆、广西及四川等地。

1995 年，我国颁布了《关于加强预防和控制艾滋病工作的意见》；2001 年，又制订了预防和控制艾滋病行动计划。

特别是 2004 年，我国对高危人群干预政策有了很大的改善，包括对吸毒人员开展清洁针具交换、针具市场营销、美沙酮替代治疗等政策。

1995 年，我国中部一些地区的有偿供血员中，发现为数不少的 HIV 感染者，经性传播的感染者人数亦在不断增加。

国务院成立防治性病艾滋病协调会议制度，1997 年颁布的《中华人民共和国献血法》、《血液制品生产管理条例》等系列血液安全管理法律和法规，使得血液及血制品安全状况大大改善，无偿献血占临床用血的比例，由 1998 年的 22% 上升到 2004 年的 88%。

1998 年和 2002 年制订和下发的《中国预防与控制艾滋病中长期规划（1998—2010）》和《中国遏制与防治艾滋病行动计划（2001—2005）》，成为我国防治艾滋病的主要法规，确定了我国艾滋病防治工作的目标、策略和工作措施。

1998 年 10 月 28 日，又在《中华人民共和国传染病防治法》和《对艾滋病感染者和艾滋病病人管理办法》等法律和规定中，修改了原来对艾滋病感染者和病人不科学的规定，如取消了隔离艾滋病感染者和病人、禁止结婚等条款，法律和伦理的协调更趋理性。

这一时期，我国开始全民参与，标本兼治，综合治理，对高危人群干预有了很好的政策支持环境。同时，防治经费投入大幅度增加。

2003 年，中国已经进入了艾滋病快速蔓延的时期，每年在以 30% 的速度增长。据专家预测，如果不采取有效的控制，到了 2010 年，中国的艾滋病感染人数将会突破 1000 万。

2003 年，针对中国艾滋病防治的严峻形势，国家对

艾滋病病人及感染者开始实行“四免一关怀”政策。

“四免一关怀”中的“四免”即：

一、农村居民和城镇未参加基本医疗保险等医疗保障制度的经济困难人员中的艾滋病病人，可到当地卫生部门指定的传染病医院或设有传染病区（科）的综合医院服用免费的抗病毒药物，接受抗病毒治疗；

二、所有自愿接受艾滋病咨询和病毒检测的人员，都可在各级疾病预防控制中心和各级卫生行政部门指定的医疗等机构，得到免费咨询和艾滋病病毒抗体初筛检测；

三、对已感染艾滋病病毒的孕妇，由当地承担艾滋病抗病毒治疗任务的医院提供健康咨询、产前指导和分娩服务，及时免费提供母婴阻断药物和婴儿检测试剂；

四、地方各级人民政府要通过多种途径筹集经费，开展艾滋病遗孤的心理康复，为其提供免费义务教育。

“一关怀”指的是：

国家对艾滋病病毒感染者和患者提供救治关怀，各级政府将经济困难的艾滋病患者及其家属，纳入政府补助范围，按有关社会救济政策的规定给予生活补助；扶助有生产能力的艾滋病病毒感染者和患者从事力所能及的生产活动，增加其收入。

“四免一关怀”成为我国艾滋病防治最有力的政策措施。

2003年，在党中央、国务院的大力支持下，在全国建立起了政府领导、多部门合作和全社会参与的艾滋病性病预防和控制体系，并在全社会发起了普及艾滋病、性病防治知识的运动，积极控制艾滋病的流行与传播。

推出大型公益行动计划

2003年12月1日上午，人民大会堂河南厅鲜花簇簇，歌声悠扬，中国规模最大的援助艾滋病的社会公益活动——“与艾滋病作斗争一二·一联合行动计划捐赠表彰大会”，正在这里举行。

在中国少年合唱团天使般咏唱的“让世界充满爱”的歌声中，全国政协副主席周铁农，原全国人大副委员长、两院院士吴阶平，中国预防性病艾滋病基金会创始人、名誉会长钱信忠等，从56家中外工商企业、医院、大学等单位以及爱心人士代表手中接过了459.8万多元的捐款和价值491万元的药品物资的捐赠牌。

这标志着在政府和“一二·一”联合行动组委会及其他公益组织的大力动员下，中国正有越来越多的社会力量加入对抗艾滋病的队伍中。

在此前的本年10月29日，何祚庥、曾毅、钟南山等22位两院院士联名发出呼吁，吁请工商业界关注中国艾滋病防治事业，为艾滋病防治、科研事业捐助善款，支持艾滋病防治的“一二·一联合行动计划”。

面对严峻的艾滋病传播态势，科学家们指出，截至2002年底，全国艾滋病毒感染者已经超过100万，而且正以每年30%以上的速度递增。如果目前还不能采取很好的预防措施，到2010年，中国艾滋病毒感染人数将超过1000万。

以“相互关爱·共享生命”为主题的“一二·一联合行动计划”，是2003年3月由中国性病艾滋病基金会发起的。全国100多个部委、社会团体、新闻单位及联合国艾滋病规划署等国际组织，参与和支持这一大型的社会公益活动。

到10月底，中国预防性病艾滋病基金会已设立“一二·一”艾滋病专项基金，在艾滋病严重地区与卫生机构合作，紧急救助那些生活贫困、缺医少药的艾滋病感染者和艾滋病人及艾滋病孤儿，给他们必要的治疗和关怀。

同时，通过灵活多样的公益活动，在农村高危人群、流动人口和青少年中普及预防艾滋病知识，以遏制艾滋病流行和蔓延势头。

在捐赠表彰大会上，国内大型企业中国电信、中国联通、中国建行、中国航空集团、国家电网、华源集团，著名医药企业东北制药、华北制药、利君制药、青岛双蝶，国内医疗系统中解放军301医院、解放军302医院、佑安医院以及北京大学、武汉大学、深圳海关等56家单位和包括何祚庥院士、曾毅院士在内的个人，将捐助牌赠给中国预防性病艾滋病基金会。

卫生部副部长马晓伟出席了捐助仪式并发表讲话。他说：

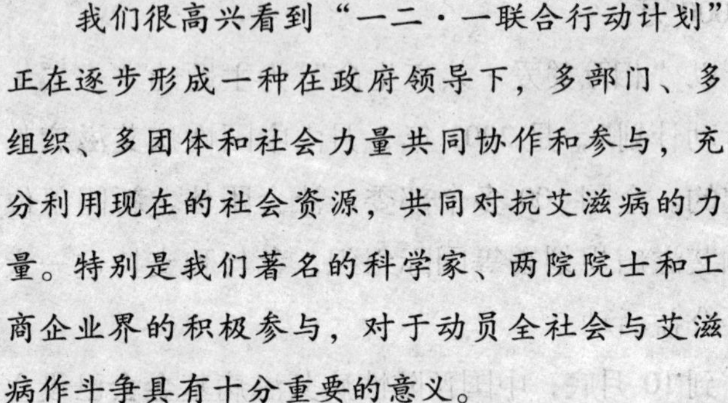

我们很高兴看到“一二·一联合行动计划”正在逐步形成一种在政府领导下，多部门、多组织、多团体和社会力量共同协作和参与，充分利用现在的社会资源，共同对抗艾滋病的力量。特别是我们著名的科学家、两院院士和工商企业界的积极参与，对于动员全社会与艾滋病作斗争具有十分重要的意义。

联合国秘书长安南向大会发来贺电，他说：

我们必须公开谈论艾滋病，我们应该是保证、用希望和支持代替歧视和恐惧。我们每个人都能创造这样的希望，提供这样的支持。

联合国驻华代表马和励在大会发言时说：

联合国期待中国每一个公民都被调动起来，加入到对抗艾滋病的斗争中。

在“与艾滋病作斗争的一二·一联合行动计划捐助表彰大会”上，联合通过了《迎战艾滋病的一二·一行动联合宣言》。

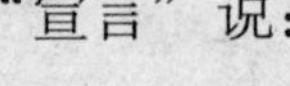

“宣言”说：

从1981年首次发现艾滋病至今，全世界已经有7000万人感染了艾滋病毒，其中2800万已死去，仅2002年全球因艾滋病而死亡的人数就达310万。每天全球有8000人因艾滋病死亡。

在中国，艾滋病已进入迅速增长期。截至2003年6月，我国现有存活的艾滋病毒感染者84万，疫情遍及全国31个省、自治区和直辖市，扩展到社会各个阶层。如果不采取有力的对策，2010年，中国艾滋病感染人数将超过1000万，我国将成为世界上感染艾滋病人数最多的国家之一，艾滋病的流行将成为国家灾难。

艾滋病所引起的影响，已渗透到了社会各个阶层，正威胁着我们每一个人和每一个家庭。伴随而来的，是对科学、经济、道德、伦理和文明的考验，是对人的生命和尊严的挑战。

严峻的艾滋病传播态势和强烈的社会反响在告诉我们，中国已经到了动员全社会参与与艾滋病作斗争的紧要关头，中国人民除了团结起来共同抗争之外，别无选择！

为此，我们深感责任重大。

2003年12月1日，第15个“世界艾滋病日”之际，在北京，我们56个单位和团体郑重地发出联合宣言：

我们积极支持中国政府的艾滋病防治事业、支持“一二·一”联合行动、支持一切与艾滋病作斗争的人们；

我们将最大限度利用团队现有资源在单位内部和外部，深入持久地宣传推广普及艾滋病的预防知识；

我们将积极倡导社会各界团结一致，奉献爱心，营造一个关心、帮助和不歧视艾滋病人和病毒感染者的宽松的社会环境；

我们将倡导全社会努力救助那些生活贫困、缺医少药的艾滋病感染者和艾滋病人及其孤儿，给予他们人道的治疗和关怀；

我们将呼吁更多的团队、集团和各种社会力量加入到对抗艾滋病的斗争中来，动员更多的有效资源迎战艾滋病，为遏制我国艾滋病的流行作出贡献；让我们携起手来，加入这场与艾滋病的斗争中来，为改变艾滋病的流行进程，减少艾滋病的蔓延，拯救成千上万的生命，做出我们最大的努力。

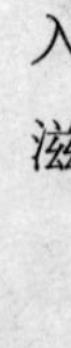

“宣言”呼吁更多的团队、集团和各种社会力量，加入对抗艾滋病的斗争中来，动员更多的有效资源迎战艾滋病，为遏制我国艾滋病的流行作出贡献。

“联合宣言”发布单位有：中国电信集团公司、中国

联合通信有限公司、东北制药集团、华北制药集团有限公司、中国航空集团公司、中国生物技术集团公司、中国医药集团总公司、北京大学、武汉大学、北京市性病艾滋病防治协会、中国人民解放军总医院、广州医学院第一附属医院等121家单位。

参加“宣言”的个人有：黄廷伟、山西五台山佛教功德慈善总会根通法师、曾毅院士、刘新垣院士。

“一二·一”联合行动的意义在于，政府领导，多部门、多组织、多团体和社会各种力量共同协作和参与，最大限度整合和利用现有的社会各种资源和力量，共同对抗艾滋病。

启动青少年预防项目

2003年11月17日，由中国青少年基金会组织的预防艾滋病大型公益项目“红丝带行动”启动仪式暨“红丝带预防艾滋病公益读本”首发式，在广西桂林启动。

此举目的是，呼吁全社会积极参与向青少年捐赠有关预防资料，以及面向农村开展预防宣传及资助活动的“红丝带爱心岛”项目，借以提高青少年对预防措施的知晓率。

“红丝带”是关注艾滋病防治问题的国际性标志，诞生于20世纪80年代末。

1988年1月，世界卫生组织在伦敦召开了一个有100多个国家参加的“全球预防艾滋病”部长级高级会议。在会上，宣布每年的12月1日为“世界艾滋病日”(World Aids Day)。

把12月1日定为世界艾滋病日，是因为第一个艾滋病病例是在1981年此月此日诊断出来的。其目的也在于提高公众对HIV病毒引起的艾滋病在全球传播的意识。

从此，这个概念被全球各国政府、国际组织和慈善机构采纳。

“世界艾滋病日”确定的目的，一是让人们都知道艾滋病在全球范围内是能够加以控制和预防的；二是让大家都知道，防止艾滋病很重要的一条就是每个人都要对自己的行为负责；三是通过艾滋病日的宣传，唤起人们对艾滋病病毒感染者的同情和理解，因为他们的身心已饱受疾病的折磨，况且有一些艾滋病病毒感染者可能是被动的、无辜的；四是希望大家支持各自国家制订的防治艾滋病的规划，以唤起全球人民共同行动起来支持这方面的工作。

在这次世界艾滋病大会上，艾滋病病毒感染者和病人齐声呼吁人们的理解。当时，一条长长的红丝带被抛在会场的上空，支持者们将红丝带剪成小段，并用别针将折叠好的红丝带别在胸前。

后来，许多关注艾滋病的爱心组织、医疗机构、咨询电话等，纷纷以“红丝带”命名。“红丝带”逐渐成为呼唤全社会关注艾滋病的防治问题，理解、关爱艾滋病病毒感染者及艾滋病病人的国际性标志。

红丝带就像一条纽带，将世界人民紧紧地联系在一起，共同抗击艾滋病。红丝带象征着人们对艾滋病病毒感染者和病人的关心与支持；象征着人们对生命的热爱和对和平等的渴望；象征着人们用“心”来参与预防艾滋病的工作。

世界艾滋病日自设立以来，每年都有一个明确的宣传主题。围绕主题，联合国艾滋病规划署、世界卫生组织及其成员国都要开展各种形式的宣传教育活动。

1988 年，世界艾滋病日的主题是“全球共讨，征服有期”。主题目的是要求世界各国广泛开展预防艾滋病的教育活动，使人人都了解艾滋病的严重危害和掌握预防艾滋病的知识；最大限度地动员社会公众人人参与预防艾滋病活动，以争取最后终止艾滋病流行。

1988 年 12 月 1 日，是第一个“世界艾滋病日”。这一天，世界各国的政党领袖、精神领袖、医生、摇滚乐歌星、足球运动员和普通男女，纷纷表明了自己的看法。并且在世界各国，都有行动来支持这项伟大的事业。

在罗马，教皇约翰·保罗二世严肃地告诫人们说，艾滋病不仅损害个别人的躯体，而且损害着整个人类。他要求把艾滋病患者视作兄弟姐妹，因为他们的不幸需要人们的同情和支持。

在法国，卫生部长埃文宣布，政府将把第二年预防艾滋病的宣传费用增加 3 倍。法国总统密特朗的夫人说，同艾滋病作斗争需要“全世界的共同努力”才能奏效。

在伦敦，政府宣布拨出 250 万英镑用来做广告和在电视上进行宣传。

在澳大利亚，当局向人们展示了一床特大的被子，上面绣着这个国家 501 名艾滋病患者的名字。

在非洲，南非的卫生部长说，大约有 2 万南非人是艾滋病病毒携带者。科特迪瓦的卫生部长劝告国民“在性生活方面要检点”，并宣布拨出专款用于防治艾滋病。卢旺达当局开设了一个艾滋病信息和咨询中心。

在亚洲，印度尼西亚机场向将要飞离雅加达的公民发放小册子，告诫他们到国外要注意艾滋病的危险。韩国当局则直截了当地告诉人们："如果你患上艾滋病，这是自己的过错。"

在日内瓦联合国世界卫生组织总部，24小时不停地举办电视、广播、展览、报告、讨论等一系列宣传活动。总干事中岛宏发表专题讲话，呼吁全人类采取统一行动与艾滋病作斗争。

在联合国，连任的秘书长德奎利亚尔说，联合国正致力于防治艾滋病的斗争，"在现阶段，预防艾滋病的办法是通过教育，让人们了解这种疾病"。

1989年，世界艾滋病日的主题是"我们的生活，我们的世界——让我们相互关照"。

1990年，世界艾滋病日的主题是"妇女和艾滋病"。这个主题要求从国家这个高度，引起全世界对妇女这些特殊问题的重视，同时也突出了妇女参与全球与艾滋病作斗争活动的必要性。

1991年，世界艾滋病日的主题是"共同迎接艾滋病的挑战"。这个主题的目的在于呼吁各国政府都要行动起来，承担预防和控制艾滋病的责任。

1992年，世界艾滋病日的主题是"预防艾滋病，全社会的责任"。这个主题要求以社区为中心做好预防和控制艾滋病的工作，人人都要参与预防艾滋病活动，而不应将此看做仅仅是卫生部门和医务人员的任务。

1993年，世界艾滋病日的主题是"时不我待，行动起来”。全世界艾滋病蔓延在加速，人类再不能麻痹大意，掉以轻心了。特别是那些艾滋病疫情还不是很严重的国家更要分秒必争，立即行动起来投入预防和控制艾滋病的工作。

1994 年，世界艾滋病日的主题是“家庭与艾滋病”。家庭是社会的细胞，要是每个家庭都能做好预防工作，就可以最大限度地遏制艾滋病的流行。

1995 年，世界艾滋病日的主题是“共享权益，同担责任”。在防治艾滋病的斗争中，提出这个口号是为了要使每一个国家和每一个人都能分享防治艾滋病的物质和信息资源，有权获取防治艾滋病的知识，有权得到物质帮助；同时，也有责任承担相关的义务，把本国的、本机构的物资和信息资源提供给其他国家和机构分享。

1996 年，世界艾滋病日的主题是“一个世界，一个希望”。这一主题的意思是共同努力防止艾滋病的传播，建立一个全球性的、向所有生命受到艾滋病流行侵害的人提供关怀和支持的社会。

1996 年 1 月，联合国艾滋病规划署（UNAIDS）在日内瓦成立。为了更深入、更持久地在全球开展与艾滋病的斗争，联合国艾滋病规划署决定，从 1997 年开始，将每年 12 月 1 日世界艾滋病日，改为世界艾滋病防治宣传运动，使艾滋病防治宣传贯穿全年。

此举的目的在于，在推广和规划两个方面取得更实际的成果，最大限度地利用现有资源，并扩大在全世界动员工作的范围和影响。

1997 年，世界艾滋病日的主题是“艾滋病与儿童”。此主题的中心是，年龄在 18 岁以下的人正生活在一个有艾滋病存在的世界中，他们正在对付的不仅是一些长期存在的问题和正在暴露于艾滋病流行的问题，他们还要对付由这次流行所导致的问题和直到现在还是成人所面临的问题。

1998 年，世界艾滋病日的主题是“青少年——迎战艾滋病的生力军”。这次运动的目的是动员青少年努力减少艾滋病的传播，并加强对那些受到艾滋病传染和影响的青少年的支持，促进和保护他们的人权。

1999 年，世界艾滋病日的主题是“倾听、学习、尊重”。在艾滋病预防与控制活动中，应倾听儿童和青少年的心声并尊重他们的想法，共同讨论涉及他们的各种问题，包括性与艾滋病。提倡相互学习，开展成人与儿童、青少年、青少年间、成人之间和艾滋病病毒感染者与非感染者之间的相互学习和交流。通过相互学习和交流，消除对艾滋病病人和感染者的歧视，并懂得如何避免感染艾滋病毒和珍爱生命，动员青少年参与到支持艾滋病预防和控制的活动中去。

2000 年，世界艾滋病日的主题是“男士责无旁贷”。主题旨在动员男性在艾滋病防治运动中承担更大的责任和发挥更大的作用，目的是提高男性的警醒意识和突出他们在控制艾滋病传播中的作用，鼓励男性与艾滋病作斗争，这将成为最可靠的控制艾滋病流行的方法之一。

2001 年的主题是“你我同参与”；2002 年的主题是“相互关爱，共享生命”；2003 年的主题是“相互关爱，共享生命”；2004 年的主题是“关注妇女，抗击艾滋”；2005 年的主题是“遏制艾滋，履行承诺”，世界艾滋病运动（WAC）选择“遏制艾滋，信守承诺”为其 2005 到 2010 年的主题。

2006 年 12 月 1 日是第十九个世界艾滋病日。联合国艾滋病规划署确定世界艾滋病的宣传主题仍然是“遏制艾滋，履行承诺”。主题强调了政府和社会各界共同承诺、共同参与，号召社会的各个方面都要行动起来，恪尽职守，履行承诺。2007 年的宣传主题仍然是“遏制艾滋，履行承诺”。

人们将艾滋病的英文全称简写成人们所熟悉的“Aids”，其字面意义就是“援助”的意思。2008 年的世界艾滋病日主题为“领导作用、增强力量和履行承诺”。这一主题将继续通过世界艾滋病日运动的口号“遏制艾滋，履行承诺”加以推广。

在 2003 年 11 月 17 日举行的仪式上，中国青少年基金会负责人徐永光说，作为“红丝带行动”的另一基本项目，中国青少年基金会将在国家卫生部确定的 100 个艾滋病综合防治示范区，开展捐建“红丝带爱心岛”项目，动员社会各界捐建布置有标准展板的艾滋病知识宣传场所，培训基层艾滋病宣传员，使艾滋病知识的知晓率达到国家卫生部确定的70%的目标。

在仪式上，国家卫生部特聘艾滋病宣传员、著名演员濮存昕在现场说：

> 捐5元钱向青少年赠送一册有关预防艾滋病知识的《读本》，就可能使这名青少年终生远离艾滋病厄运，捐两万元在一个乡镇建一个“红丝带爱心岛”，就可以使这个乡镇建起艾滋病的屏蔽墙，这是一个具有重大意义的项目。

此后不久，中国与联合国人口基金会艾滋病合作项目“在农村中学开展艾滋病预防健康教育”分项目，也在中国人民大学宣布启动。

此项目将通过5个试验性的项目活动，重点探索如何有效地在中国农村地区开展以学校为基础的青少年艾滋病预防健康教育。教育部将在本项目基础上，为在全国学校系统更好地开展艾滋病预防健康教育探索经验、提供示范。

中国教育部相关负责人阎国华表示：

> 教育部已经对在中学开展艾滋病预防专题健康教育提出了明确要求，艾滋病预防健康教育已经正式纳入学校的教学课程，此次项目的目的是要通过对规范化读本的开发和对适宜教

学方法的实践，从施教者和受教者两个方面促进中国农村地区以学校为基础的青少年艾滋病预防健康教育。

中国商务部相关负责人赛国华介绍说：

此次项目以中国5个省人口相对集中的农村区县的10所中学为基础，选择项目点，项目的要求是到2005年项目结束时，至少90%的项目试点学校的学生和教师要掌握艾滋病传播的3种途径，预防艾滋病感染的3种保护措施，对待艾滋病患者的3种正确态度，以及正确理解艾滋病阳性对身体的影响。项目还对试点学校的教师、课程、教材提出了要求。

据中国疾控中心艾滋病项目负责人郭伟介绍说：

国家目前已经建立了由30多个部委组成的国务院防治艾滋病协调会议制度，今年国家防治艾滋病工作重点之一是推行中国综合防治艾滋病100个示范区的项目，包括对目标人群开展艾滋病防治教育，青少年是重中之重。

据联合国儿童基金会驻华专家许文青介绍：

目前中国70%的人口在农村，80%的青少年在农村地区。此次项目的启动对中国农村地区青少年预防艾滋病具有非常重要的意义。

在谈到对青少年预防艾滋病教育时，中国健康教育所教授、国内最早研究艾滋病的专家朱琪也告诫人们，20年来，美国的数百万年轻人，相信对于性行为最重要的是“你采取保护措施了吗”，但是，正是这种“抵御艾滋病”的策略，使美国艾滋病的感染率飞速地增长，在美国，有些州青少年的感染率年年翻番。美国近年的研究证明，保险套的失败率高达31%。朱琪教授警告：

我们正在犯美国人犯过的同样错误，即高估了保险套的安全作用，而没有告诉青少年：人格教育和健康家庭教育是唯一的选择。

他说：

世界各国的社会调查研究者们得出了共同的结论：凡是性自由盛行，家庭震荡解体越严重的地方，青少年问题和各种社会弊端就越严重，艾滋病流行也越难于遏制；健康的家庭和健康的社会才是抵御艾滋病最坚固的堡垒。

从 1993 年起，美国开始重建家庭运动：美国国会通过设立作为重建家庭象征的父母节；纽约市政府废止在公立学校实施多年的避孕套教育，规定进行性纯洁教育；美国国会决定增加拨款，支持青少年性纯洁教育；举行性纯洁教育会议，配合国会通过为性纯洁教育巨额拨款的法案，讨论学校的课程设置。

在西方，尤其是美国，人们与艾滋病作了 20 年痛苦的斗争，终于有越来越多的人感受到，艾滋病绝不是单纯的医学问题，它还是一个由吸毒、性自由和家庭解体派生出来的社会问题。人们不能够靠医学知识来制止艾滋病的流行，要从社会教育上寻找解决问题的突破口。

国务院成立防治委员会

2004年2月26日，为切实加强对艾滋病防治工作的领导，动员和组织各方面力量进一步做好防治工作，国务院决定成立防治艾滋病工作委员会。

中共中央政治局委员、国务院副总理吴仪任主任，中央国家机关23个部门、单位和7个省、自治区有关负责人为成员。

在26日召开的委员会第一次会议上，吴仪说：

要认真落实“四免一关怀”政策，对农民和城镇经济困难人群中的艾滋病患者实行免费抗病毒治疗；在艾滋病流行的重点地区实施免费、匿名血液检测，准确掌握疫情；对艾滋病患者的孤儿实行免费上学，地方政府负责有关费用；对艾滋病综合防治示范区的孕妇实施免费艾滋病咨询、筛查和抗病毒药物治疗，减少母婴传播；将生活困难的艾滋病患者纳入政府救助范围，按国家有关规定给予必要的生活救济，并积极扶持有生产能力的艾滋病患者参加生产活动。

全面做好艾滋病防治工作，一要加大健康

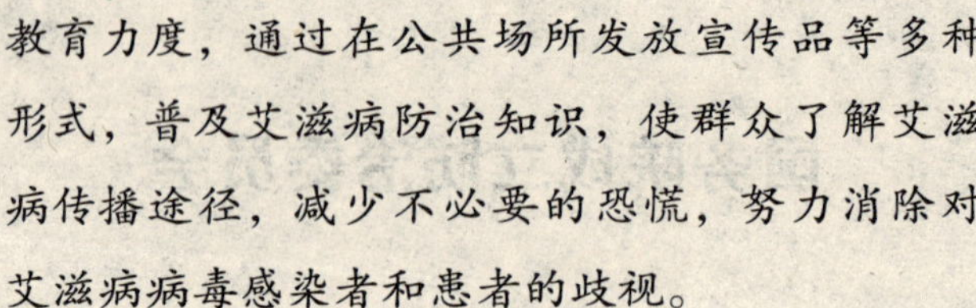

教育力度，通过在公共场所发放宣传品等多种形式，普及艾滋病防治知识，使群众了解艾滋病传播途径，减少不必要的恐慌，努力消除对艾滋病病毒感染者和患者的歧视。

二要加强采供血机构管理，依法严厉打击非法采供血行为和“血头”、“血霸”，依法推进无偿献血。

三要进一步打击卖淫嫖娼、吸食注射毒品等违法犯罪行为，积极采取有效防范艾滋病传播的干预措施。

四要扎实搞好艾滋病综合防治示范区建设，积极推行以治疗和关怀为主要内容的社区综合防治工作。

五要进一步加大科研和国际交流与合作的力度，不断提高防治技术水平，争取国际社会的理解和支持。

六要继续加大财政投入力度，利用国债资金加强中西部地区疾病控制能力建设，实行集中采购提供抗病毒药物和部分检测试剂，加强资金的管理和使用的监督检查，确保专款专用。

吴仪明确要求：各有关部门和各地区一定要充分认识艾滋病防治工作的严峻形势和加强防治工作的重要性、紧迫性，以对广大人民群众身体健康和生命安全高度负

责的精神，切实加强领导，密切协作，明确任务，落实责任，扎扎实实地做好艾滋病防治工作，坚决遏制艾滋病在我国的传播和蔓延。

卫生部表示，我国将对所有自愿咨询检测的艾滋病者实行免费检测，从而能最大限度地发现艾滋病病毒感染者和艾滋病病人。

卫生部、财政部规定，所有参与自愿咨询检测服务的工作人员必须接受相应的培训。对于自愿接受检测的人员，咨询员要在检测前后为他们提供检测、预防和治疗等咨询服务，做好咨询和检测服务的保密工作，不得向无关人员泄露艾滋病病毒抗体检测呈阳性人员的任何个人资料。

4 月 16 日，卫生部、国家中医药管理局又发布了《关于艾滋病抗病毒治疗管理工作的意见》，保证各地有效开展艾滋病病人的抗病毒治疗。

新华社受权播发的《国务院关于切实加强艾滋病防治工作的通知》中规定，要强制推广使用一次性注射器、输液器，做好一次性医疗、卫生用品用后毁形和有关重复使用的医疗器械的消毒工作，以有效地防止艾滋病医源性传播。

“通知”还要求：

卫生部门动员会同红十字会等社会团体，

动员全社会健康适龄人员积极参加无偿献血，

提高无偿献血率；切实加强对采供血机构的管理，加大对非法采供血违法犯罪活动的打击力度，依法严惩违法犯罪分子，坚决杜绝艾滋病经血液途径传播。

国家中医药管理局表示：

中国将为15个省、区的3万多名艾滋病病人提供艾滋病相关疾病免费诊治，首批将投入人民币900万元，对河北、安徽、河南、湖北和广东5省的2300名艾滋病病人进行中药治疗。

自2003至2007年，中央财政已累计拨付艾滋病防治专项资金38.1亿元，用于各地开展艾滋病宣传教育、落实“四免一关怀”政策、推广高危人群干预措施、加强中医中药治疗和实施血液安全管理等工作。

在国务院的直接领导下，各级政府在防治艾滋病方面都有了积极的做法。全国各地以科学教育、立法保障、文化宣传多方面结合，引导人民全力抵抗艾滋侵略，追求健康生活。

2004年8月10日，“阳光下我们一起成长”首届关怀艾滋病致孤儿童夏令营在北京开营。72名夏令营成员来自吉林、河南、四川、山西、云南五省的12个县市区，他们年龄最小的9岁，最大的16岁，都是由于父母一方或双方因为艾滋病死亡致孤、本人身体健康的儿童。

受吴仪的委托，卫生部副部长马晓伟还看望了来北京参加首届关怀艾滋病致孤儿童夏令营的孤儿。马晓伟代表吴仪向孩子们致以亲切的问候，并向他们赠送了书包、文具等礼品。

马晓伟说，你们是祖国的花朵，国家的未来，民族的希望。党和政府时刻关心着你们，全社会都在关心你们的生活、你们的成长。尽管你们每个人的家庭条件不一样，生活经历也不一样，但相信你们一定都同样体会到了社会主义大家庭的温暖。

全国各地开展防治工作

2003年12月17日，河南省委召开常委会议，研究进一步做好艾滋病防治救助工作。

会议强调：

> 各级党委、政府要按照“三个代表”重要思想的要求，从维护群众切身利益出发，把艾滋病防治、救助工作摆上重要议事日程，借鉴“非典”防治工作经验，加强公共卫生体系建设，进一步加大对艾滋病防治、救助力度，不断取得防治、救助工作新成效。

会议要求加大对艾滋病发病人群的救治力度；要求进一步加强对艾滋病患者家庭的社会救助。同时，要大力改善疫情高发村的生活环境。有关地方党委、政府要负起责任，规划好、建设好艾滋病疫情高发村的供水、道路、学校、卫生室等公共设施，抓好艾滋病综合防治示范区建设工作，为艾滋病人和艾滋病毒感染者提供医疗服务和关怀。

会议强调全省各有关部门要共同参与、密切协作，严厉打击非法采供血和吸毒、卖淫嫖娼等违法行为；巩固和完善无偿献血制度，加强医疗感染管理与控制；积极开展母婴阻断工作，有效预防二代传播，通过综合防治，从源头上控制艾滋病传播。

会议指出，做好艾滋病防治救助工作还须加强宣传、正确引导。反对歧视艾滋病人，支持社会力量参与艾滋病防治和救助工作，形成全社会关怀、理解和共同参与防治工作的良好氛围。

在会议后，河南省委、省政府坚持以人为本，关注民生，把解决好艾滋病患者及其家庭的救治救助问题列入重要议事日程。

河南省成立了省艾滋病防治工作委员会和省艾滋病防治帮扶工作领导小组。各级各部门结合实际，认真履行职责，从各个角度开展防治工作。各市、县艾滋病防治工作领导机构积极开展工作，形成了党委政府统一领导、部门密切配合、全社会共同参与的工作机制。

在2003年的世界艾滋病日到来前夕，山西全省启动“红丝带行动”。

组织实施“红丝带行动”的山西省青少年发展基金会，作为山西第一家防治艾滋病的公益机构，呼吁社会各界，积极参与向青少年，特别是农村贫困青少年捐赠预防艾滋病《读本》，同时，面向农村开展艾滋病防治宣传和资助“红丝带爱心岛”项目，保卫家园，建立起防艾屏蔽墙。

2004年4月，浙江经过7年努力，在全省建成了覆盖省、市、县的艾滋病三级检测网络。为浙江省防控艾滋病构筑了一道可靠的防线。

这三级检测网络包括：省确诊实验室、市筛查中心实验室和各县疾控部门及医院初筛实验室，总计162家筛查实验室。

这三级网络完成了艾滋病从初筛到确诊的严密而完整的网络，不仅覆盖了省、市两级，还将对高危人群、临床可疑病例的检测服务覆盖到县城。

浙江省是中国较早开展艾滋病实验室诊断工作的省份之一，早在1988年，就作为全国8个重点人群监测点，对艾滋病高危人群开展流行病学监测。

1995年，浙江省疾控中心设立了艾滋病抗体检测确诊实验室。1997年，浙江省开始开展艾滋病检测初筛实验室的评审验收。并每年举办检验人员的艾滋病检测专业知识的培训班，强化艾滋病检测意识和学习更新最新检测手段，为有效防控艾滋病在浙江的蔓延起到了积极作用。

与此同时，我国各地依据国务院的规定，还先后出台了各项艾滋病防治措施，举办各项活动，向公众宣传普及艾滋病防治知识，收到了良好的效果，普遍在人们心中筑起一道防卫艾滋病的长城。

实施国务院防治条例

2006年2月12日，国务院公布了温家宝总理签署的《艾滋病防治条例》，新华社受权播发。

中华人民共和国国务院令

第457号

《艾滋病防治条例》已经2006年1月18日国务院第122次常务会议通过，现予公布，自2006年3月1日起施行。

总理　温家宝

2006年1月29日

《艾滋病防治条例》是经有关部门组织专家用两年多的时间制定的。

“条例”规定了各级政府防治艾滋病的责任，并明确了艾滋病感染者和艾滋病病人的权利和义务。分为“总则”、“宣传教育”、“预防与控制”、“治疗与救助”、“保障措施”、“法律责任”、“附则”7章。

“条例”规定：

国家鼓励支持有关组织和个人参与艾滋病

防治，政府部门不宣传防治艾滋病知识违反条例将受处罚，艾滋病防治知识将纳入大中学校有关课程，医疗单位不得因病人是艾滋病感染者或病人推诿治疗，本人不同意任何单位不可公开艾滋病感染者信息，艾滋病感染者、病人及家属合法权益受法律保护。

在《艾滋病防治条例》中，强调了鼓励和支持社会基层组织和公民团体在艾滋病防治中的重要作用。

“条例”明确了艾滋病病毒感染者和艾滋病病人在医疗机构的就医权利。指出医疗机构不得因就诊的病人是艾滋病病毒感染者或者艾滋病病人，推诿或者拒绝对其其他疾病进行治疗。

“条例”规定：

未经本人或者其监护人同意，任何单位或者个人不得公开艾滋病病毒感染者、艾滋病病人及其家属的姓名、住址、工作单位、肖像、病史资料及其他可能推断出其具体身份的信息。

任何单位和个人不得歧视艾滋病病毒感染者、艾滋病病人及其家属。艾滋病病毒感染者、艾滋病病人及其家属享有的婚姻、就业、就医、入学等合法权益受法律保护。

世界卫生组织驻华代表处艾滋病性病组组长魏瓦特在接受媒体采访时认为，“条例”的出台，表明中国政府充分认识到艾滋病防治的重要性和紧迫性，体现了政府在这一问题上的重大承诺。

联合国艾滋病规划署驻华办事处代表雷若舟也给了“条例”积极评价。

2006年，国务院还制订了《中国遏制与防治艾滋病行动计划（2006—2010)》，完成了“三个一”框架的建立，即制订了一个国家的防治规划，建立了国家统一的协调机制，建立了统一的艾滋病防治监督与评估体系；并全面落实各项防治措施，使艾滋病防治工作取得了新的进展。

政府关怀受艾滋病影响的儿童

2007年9月5日至8日，由国家防治艾滋病办公室、民政部、联合国儿童基金会、河南省政府共同举办的“同在阳光下——受艾滋病影响儿童救助安置政策国际研讨会”在郑州召开。

这次研讨会，是为了响应联合国关于受艾滋病影响儿童问题进行多领域合作的倡议，介绍推广河南省救助安置受艾滋病影响儿童的政策经验。

来自河南上蔡县的14岁的远亮，生活在“阳光家庭”中已经一年多了。三年前，父母因感染艾滋病双双去世带来的阴影如今正在悄悄淡去。现在，他有了一个可以谈心里话的新妈妈。

国务院防治艾滋病工作委员会办公室专职副主任郝阳，在受艾滋病影响儿童救助安置政策国际研讨会上表示，目前中国政府正在采取多种措施救助包括艾滋孤儿在内的受艾滋病影响的儿童。

中国民政部部长李学举说：

> 目前在中国90%以上的艾滋孤儿得到家庭支持和上学支持，一些大龄儿童得到职业培训。为了解决艾滋病致孤儿童的生活、教育和医疗

问题，民政部投入专项资金5000万元，重点资助河南、云南等受艾滋病影响儿童较多的省份。

在河南省，2800多名艾滋病致孤儿童有85%选择了由亲属家庭寄养，11%选择了入住专门养育艾滋病致孤儿童的机构“阳光家园”，还有4%生活在模拟家庭“阳光家庭”中。他们每人每月可以领到200元钱补助，看病不需要花一分钱。

在“阳光家庭”里，政府聘请有爱心的合法夫妻做艾滋孤儿的新妈妈、新爸爸。美国半边天基金会负责人珍妮·博文认为，这种养育模式更有利于孩子们的身心健康。

河南的28家“阳光家庭”中，“阳光妈妈”每月500元的津贴都是由半边天基金会提供的。据介绍，河南省将在民政部和香港华懋集团的帮助下，新建117所这样的“阳光家庭”。

根据国家规定“所有艾滋病感染者家庭的儿童都免费入学，并鼓励亲属和社会收养艾滋病致孤儿童”，各级政府积极推广家庭寄养，改建或新建收养性服务机构。

民政部等15个部委和单位还出台了专项规定，为艾滋孤儿提供生活、教育、住房、就业等9个方面的优惠政策。

儿童艾滋病患者的治疗工作进展也比较顺利。国务院防治艾滋病工作委员会办公室副主任郝阳介绍说：

> 中国对每一个儿童艾滋病患者都免费实施抗病毒治疗。截至2007年5月底，儿童抗病毒治疗已经覆盖21个省、区、市108个县，累计治疗698名儿童，其中520名儿童服用儿童剂型药物。

中国从2002年开始进行预防艾滋病母婴传播试点工作。截至2006年底，全国有260多万名孕产妇接受孕产期保健服务，其中约78%接受了艾滋病相关咨询，约74%的孕产妇接受了艾滋病病毒抗体检测。部分地区的科研结果显示，母婴传播率减少了近60%。

据不完全统计，仅在2006年就有1.4万多名青少年投入艾滋病宣传教育中，面对面交流的青少年达20万人，320万名青少年通过网络覆盖。

联合国儿童基金会中国办公室主任魏英瑛评价说：

> 中国在保护、救助受艾滋病影响儿童方面的工作富有成效。联合国儿基会与中国民政部开展了数十个项目的合作。河南等地方建立的长效机制是富有创造性的，希望这能成为其他国家制定政策框架的有益借鉴。

二、国际合作

- 在第五十八届联合国大会艾滋病问题高级别会议上，中国卫生部常务副部长高强发言表示：“中国政府高度重视艾滋病的防治工作。中国愿与国际社会合作，积极参与全球抗击艾滋病的斗争。”

- 2003 年 12 月 1 日，在世界艾滋病日，中央电视台记者就艾滋病的防治问题，采访世界卫生组织的专家。

- 肯尼亚内政部儿童救助会主任阿梅德·海森说：“从孩子们的表演和表情中，可以看到他们作为主人公的自豪感，看到他们因受到生活照料而带来的满足和快乐。”

艾滋病病毒由境外登陆

1983年，国际血液病会议在中国某城市召开。参加会议的，除各国医学界代表还有一些商人。

生产第八因子的美国阿莫尔公司派代表到会，并将带来的一些该公司生产的第八因子，赠送给中国某大医院的一位教授。后来，有19位血友病人接受了这些药物的治疗。

这些病人在使用后做了艾滋病病毒检测，曾毅教授等在检测中发现，其中有4人因使用了同一批号的第八因子感染了艾滋病病毒。

经进一步证实，美国赠送的该批号的药品中确含艾滋病病毒。

自此，艾滋病病毒在中国“登陆”。

1985年6月23日，北京协和医院收治了一位发高烧的美籍阿根廷旅游者。6天后，这位34岁的美国人死于卡氏肺囊虫肺炎。

值班医生经过与病人在美国的私人医生联系证实，此人已在美国被确诊为艾滋病患者。这是中国大陆医生首次目睹的艾滋病病例，也是艾滋病传给中国的第一个危险信号。

18个月后，一位旅美的香港居民因腹胀、吐泻，住进福建省立医院。经中国预防医学科学院的血清学检测，确诊为艾滋病。32 天后，病人死亡，这是中国大陆医生自己诊断出的首例艾滋病病例。

据北京协和医院的资料记载，1989 年，该院在 67 份梅毒血清阳性者的标本中发现一例 HIV 呈阳性，经蛋白印迹法确定，这是我国首例因性接触而被感染的艾滋病患者。

据国家预防和控制艾滋病专家委员会委员资料显示，艾滋病在中国传播大致分三个时期：

第一阶段是传入期，在 1985 年至 1988 年。这个阶段，感染者主要为传入性，多数是外国人或海外华侨。共有 7 个省区报告 HIV 感染者或艾滋病病人，这些人都是外国人或海外华人。

首次发现艾滋病是在美国同性恋者当中，随后，艾滋病在世界各地传播，并集中在静脉吸毒、同性恋和多性伴性行为等被大多文化视为边缘的行为之中。

在这一时期，我国政府和舆论宣传普遍认为：

> 艾滋病是与暗娼、同性恋、吸毒等西方资本主义的生活方式密切相关的，对外开放是艾滋病传入我国的重要途径。

基于这样的认识，中国政府采取了“拒艾滋病于国门之外”的政策。

但是，后来的事实证明，这不仅没有阻止艾滋病的传入，反而造成人们对艾滋病的无知、歧视和恐惧，给此后的艾滋病防治工作带来了极大困难。

第二阶段是扩散期，在1989年至1993年。这个阶段疫情主要分布于边境、沿海地区和大城市，报告HIV感染的省份增加到21个。

我国境内感染者的传播途径以共用未消毒注射用具为主，感染者主要集中在我国西南边境的吸毒人群。同时，在全国其他地区的性病患者、暗娼、同性恋及归国人员中，也发现部分感染者。除云南省有艾滋病流行外，全国其他地区均为散发。

第三阶段是快速增长期，从1994年至今。从1994年开始，我国艾滋病从高危人群向一般人群迅速扩散，并进入了高速增长和蔓延期，哨点监测的艾滋病病毒感染者报告人数逐年增长。

1995年的报告数比1994年上升了195.1%，全国有31个省报告发现艾滋病病毒感染者和艾滋病病人，有21个省报告有静脉吸毒感染艾滋病病毒者。一些地方开始发现母婴传播病例，而中部一些省份，更出现了经血液传播的艾滋病大爆发！

自此，我国艾滋病的流行进入快速增长期。

从疫情报告的数字看，1994年是1993年的2倍，1995年是1993年的5.7倍，1997年和1998年则均比1993年上升了11倍之多。

据卫生部统计，2002年，全国报告艾滋病病毒感染者9824例，较2001年上升了19.5%，其中病人1045例，比2001年增加46.4%，死亡363例。

由于我国艾滋病疫情的日益复杂化和多样化，促使我国对艾滋病的态度由被动应对逐渐转向主动遏制，由局部预防转为全面干预，国家关于艾滋病的政策法律也在逐渐走向成熟。

参与全球抗击艾滋病行动

2003年9月22日，在第五十八届联合国大会艾滋病问题高级别会议上，中国卫生部常务副部长高强发言表示：

> 中国政府高度重视艾滋病防治工作。中国愿与国际社会合作，积极参与全球抗击艾滋病的斗争。

早在1985年，就曾在美国亚特兰大召开首届世界艾滋病大会召开。这是全球规模最大的有关艾滋病的会议，由国际艾滋病学会组织召开。

自从美国1981年发现世界首例艾滋病病例后，艾滋病病毒在全球的传播速度惊人，引起人们对这一“世纪瘟疫”的高度关注。从世界艾滋病大会举办一开始，就得到了世界各地专家学者、医务工作者、政府官员和社会人士的积极响应和参与。

一开始，大会每年举行一次，从1994年起，改为每两年举行一次。历届大会关注的议题主要包括全球艾滋病的扩散情况、艾滋病引发的各种问题、艾滋病防控工作的进展、艾滋病科研领域的新成果、艾滋病疫苗和新药的研制等。

全球规模的有关艾滋病的会议在世界上许多城市召开过，美国亚特兰大、法国巴黎、美国华盛顿、瑞典斯德哥尔摩、加拿大蒙特利尔、美国旧金山、意大利佛罗伦萨、荷兰阿姆斯特丹、德国柏林、日本横滨、加拿大温哥华、瑞士日内瓦、南非德班、西班牙巴塞罗那等城市，都举行过这样的大会，而主题都是紧紧围绕艾滋病的。

我国积极参与国际社会抗艾滋病运动。在这次第五十八届联合国大会艾滋病问题高级别会议上，卫生部常务副部长高强宣布：

> 中国向全球艾滋病、结核、疟疾基金捐献1000万美元，支持发展中国家的艾滋病防治工作。

高强说，他是受胡锦涛主席的委托，“本着坦诚、负责、信任、合作的精神来参加联大这次高级别会议的”。

高强还向大会详细介绍了中国政府为防治艾滋病所做的工作。他说：

> 中国政府高度重视艾滋病的防治工作，将防治艾滋病作为关系民族兴衰、社会稳定、经济发展和国家安全的战略问题，纳入政府工作

的重要日程。

中国十多年艾滋病防治工作已形成了“预防为主、防治结合、综合治理”的防治原则，由政府主导、多部门合作、全社会参与的艾滋病防治工作机制正在全国形成。

中国的艾滋病防治工作仍面临严峻的形势。目前中国有艾滋病病毒感染者84万，其中艾滋病患者约8万。

在会上，高强还介绍了我国目前为防治艾滋病所采取的五项措施。

这五项措施是：

增强政府的责任；

政府承诺对经济困难的艾滋病患者免费提供治疗药物，同时由中央和地方政府投资，加强传染病医疗救助体系建设，建立艾滋病防治专业队伍；

完善法律法规，加强对危险行为的干预措施；

保护艾滋病患者的合法权益，反对社会歧视；

积极开展国际合作。

这标志着我国政府高度重视艾滋病的防治工作，将防治艾滋病作为关系民族兴衰、社会稳定、经济发展和国家安全的战略问题。艾滋病防治已纳入政府工作的重要日程。由政府主导、多部门合作、全社会参与的艾滋病防治机制正在全国形成。

2003 年 12 月 16 日，来自联合国儿童基金会、世界卫生组织、美国疾病预防控制中心等 27 个国际合作组织的防艾滋病专家和国内 31 个省、区、市的 200 多名艾滋病防治专家齐聚成都，参加首次全球性“防艾”大会。

与此同时，在我国云南省，我国首家提供艾滋病咨询、预防、检测和治疗等综合服务的艾滋病防治关爱中心正在建设当中。

这个中心预计投资 1.6 亿人民币，计划建筑面积 1 万平方米。这个中心距昆明市区 28 公里，建成后可以容纳 200 个床位，将成为中国第一个收治艾滋病病人的专业机构。

这个中心接收的病源范围可以辐射中国和东南亚地区的艾滋病病毒感染者，为治疗、关爱艾滋病提供各种经验和模式。

据中国疾病预防控制中心性病艾滋病预防控制中心国际合作与项目管理办主任王晓春介绍：

从 1985 年起，联合国儿童基金会、联合国粮农署、世界卫生组织等政府、非政府组织就和我国在性病艾滋病防治方面进行了多边和双边合作，这些合作项目对我国的艾滋病防控有明显的作用。

成都“防艾”大会期间，我国已有127个县实施了包括全球基金项目在内的合作项目。

2005年1月23日，由瑞典政府首次对华投资420万美元，由世界卫生组织负责项目管理和技术指导的中国艾滋病防治综合项目在湖南省启动。这是瑞典政府支持中国开展艾滋病综合防治的第一个项目，实施周期为3年，今年投资100万美元。

同年3月，克林顿基金会在云南省开展为期3年的合作，帮助该省进行艾滋病抗病毒治疗，并提高艾滋病实验室的管理能力和技术水平。

这些合作，使我们看到了“抗艾”国际合作的希望。

据“中国红丝带网——全国艾滋病信息资源网络”提供的一份资料显示：国际合作尤其是国外企业对中国“抗艾”的支持已渐渐增多，像英美石油公司、安可顾问拜耳集团、美国BD公司、英国石油公司、葛兰素史克公司、星空传媒集团、法国道达尔石油公司等知名的企业，也加入中国的“抗艾”行动中。

国际社会也一直没有停止预防和治疗艾滋病的脚步，并适时采取了许多相关措施。

2004年7月11日至16日，第十五届世界艾滋病大会在泰国曼谷举行。大会的主题是“全面共享”。

参会代表呼吁各国政府在国家层面上制订和实施抗击艾滋病计划，希望全世界为艾滋病防控投入更多资金和其他资源。

本次大会闭幕式上发表的《曼谷领导声明》承诺：

> 支持有关政策和立法，在保障预防和医护工作方面加大力度，并有义务将所作的承诺变为现实。

2006年8月13日至18日，第十六届世界艾滋病大会在加拿大多伦多举行。大会的主题是“行动之时”。

会议发布了新药研制、预防进展等很多开创性成果，让人们看到了未来征服艾滋病的希望。

联合国官员在会上批评八国集团国家未能兑现其资助全球艾滋病防控的承诺，称这种不负责任的行为，已经影响了世界防治艾滋病行动的顺利开展。

2008年8月3日至8日，第十七届世界艾滋病大会在墨西哥首都墨西哥城举行，这是世界艾滋病大会首次在拉美国家举行。大会的主题是“全球立即行动”。

联合国秘书长潘基文和世卫组织总干事陈冯富珍出席了会议。共有超过两万人与会。

参会代表表示：

国际社会要进一步加强合作，各个国家特别是发达国家应该投入更多资金，共同应对艾滋病威胁。

经过国际社会多年不懈的努力，人类在防控艾滋病方面已经取得进展。全球艾滋病病毒感染者人数的增长速度在20世纪90年代达到顶峰后，已经逐渐趋于稳定，艾滋病致死人数也从2005年开始减少，并呈连年下降的趋势。

由于越来越多的艾滋病病毒感染者获得药物治疗，目前，世界艾滋病病毒感染率已经明显下降。这一成果的取得，是全世界包括中国在内的国际性合作组织共同努力的结果。

记者采访世界卫生专家

2003 年 12 月 1 日，在世界艾滋病日，中央电视台记者就艾滋病的防治问题，采访世界卫生组织的专家。

这些专家们认为，未来亚洲地区艾滋病的防治情况关系重大，专家指出：亚洲已成为非洲之后第二大艾滋病传播地区。

世界卫生组织艾滋病问题评估协调员唐纳德·萨瑟兰对央视记者说：

我们发现，艾滋病在亚洲某些地区蔓延。本世纪艾滋病在亚洲增长速度很快，如泰国、越南、柬埔寨和印度，越来越多的人感染了艾滋病。

世界卫生组织流行病部专家乔治·苏米德亚洲说：

和世界其他地区一样，在不同地区感染的程度也不尽相同，亚洲艾滋病患者最多的国家是印度。在未来，世界艾滋病的防治成功与否就看亚洲了。不少亚洲国家在控制艾滋病方面做得越来越好，最成功的是泰国，泰国很早就开始着手，通过政府举措有效地减少了艾滋病感染者的数量。所有亚洲国家都应该向泰国学习，防治艾滋病最重要的就是各国政府的决心和行动。

两位专家都强调了亚洲在全球防治艾滋病方面的重要性。

根据联合国艾滋病联合规划署公布的统计数字显示，亚洲现已成为继非洲之后的世界第二大艾滋病传播地区。艾滋病蔓延速度之快和范围之广，给整个亚洲敲响了警钟。

根据当时最新的统计，在 2002 年，亚洲共发现 740 万新增艾滋病病毒感染者，100 多万新增艾滋病病例，并有 50 万人死亡。其中仅印度就有新增病例 30 万，病毒感染者在 300 万到 600 万之间，感染人数仅次于南非，名列世界第二位。

根据艾滋病在亚洲各国和地区的流行情况的不同，大致可以分为三类：第一类是艾滋病已经达到相当严重地步的国家和地区，成人艾滋病感染率已经超过 1%，包括柬埔寨、泰国、缅甸等；第二类是尚处于过渡阶段的国家和地区，艾滋病仅在某些人群和地区蔓延，包括印尼、哈萨克斯坦、尼泊尔、越南等；第三类是虽然发现艾滋病病例，但尚未出现大面积流行的国家和地区，包括蒙古、韩国、土耳其等。

虽然此时亚洲地区的艾滋病感染者总数还远少于非洲，但是根据世界卫生组织的报告，在今后10年里，亚洲将是继非洲之后的又一个艾滋病重灾区。

报告表明，亚洲地区的艾滋病感染增长率在1992年就超过了欧美，而且在那以后日益呈现加速的趋势，到了2002年，已经远远抛开欧美，直追情况最为严重的非洲撒哈拉以南国家。2003年，亚洲地区新近感染艾滋病的人数已达到一个历史性的比例，仅2002年一年就有100万人成为新的感染者。

报告指出，考虑到亚洲人口超过全球总数一半的背景，如果这种情况继续发展下去的话，亚洲大有可能取代非洲成为全球艾滋病的中心。

基于这种危险的趋势，有关国际组织也一再向亚洲区域内的国家和地区敲响警钟：

> 亚洲国家数十年来持续以发展经济为国家的中心任务，但艾滋病已然成为一个发展中的重大问题。本区域的感染率每增加1%，就会有2500万人面对艾滋病的死亡威胁，如果应对不力，本区域过去50年中在社会和经济方面的成绩将化为泡影。

2002年9月，在澳大利亚的资助下，亚洲区域艾滋病防治项目正式启动，参与这一项目的缅甸、越南、中国等国家共同组织交流培训，促使区域内政府、志愿团体、警察、卫生等组织加强合作，以减少艾滋病对亚洲国家的影响。

亚洲各国也意识到了问题的严重性，纷纷采取措施来控制艾滋病的传播。不少亚洲国家都建立了艾滋病感染服务中心等防治机构。

在加大宣传艾滋病相关知识的同时，还努力为艾滋病感染者提供关爱、咨询及治疗等服务。此外，亚洲国家还不断在这一领域加强合作。

然而由于人口众多、医疗条件相对薄弱，特别是亚洲国家独特的地域性特点，比如流动人口多、对艾滋病认识不足、传统观念的影响等问题，使艾滋病防治工作的难度远远大于人们的预料。

世界卫生组织专家的建议，对中国“防艾”工作是个重要的参考。

送去政府和人民的关怀

2007年9月8日，来自国家防艾办、民政部、联合国儿童基金会、克林顿基金会儿童项目、美国疾控中心GAP项目、美国半边天基金会、泰国卫生部国际卫生政策项目、肯尼亚内政部儿童救助会等多家国际国内机构的多名参会代表，分两路考察了河南省受艾滋病影响儿童的生活、学习状况。

9月8日，天高云淡，秋风送爽。10时50分，代表们来到上蔡县艾滋病致孤人员安置救助指导中心。

在资料室，代表们对“上蔡县艾滋病致孤人员走访服务示意图”发生了兴趣，详细地询问起全县22个重点村的服务情况。

他们浏览了资料柜中的“HIV（艾滋病毒感染者）致孤档案”、“单亲未成年子女档案”、“HIV致孤人员走访记录”、“HIV致困家庭档案”，看到完整全面的各村致孤人员详细表格，都纷纷点头表示赞赏。

大家路过娱乐室，看到在悠扬的钢琴声中，一个女孩儿在流利地弹奏着。

在图书馆，大家看到了很多藏书。

在男生宿舍，代表们对孩子们整洁的内务竖起大拇指，甚至有人伸手拉开床头的小柜子，要“看看孩子们的小秘密”。

专家队伍来到中心大餐厅，看了孩子们表演的节目。30 分钟的演出结束后，脸上红扑扑的孩子们，开朗热情地包围了代表，纷纷把自己做的小礼物送给来自远方的叔叔阿姨。

美国 **FXB** 协会总执行官比格·巴斯尼女士，接过 14 岁女生萌萌的手工礼物，一幅画，画上是一个可爱的卡通猫，赠词上写着：“希望充满爱心的人天天快乐。”

巴斯尼女士情不自禁俯身亲吻着萌萌的脸颊：

> 我会把这些珍贵的礼物带回去给我们的员工看，告诉他们这是中国孩子送给我们的。我会把它们挂在墙上，激励项目官员们为中国和其他国家的艾滋病致孤儿童做更多事情。

肯尼亚内政部儿童救助会主任阿梅德·海森说：

> 从孩子们的表演和表情中，可以看到他们作为主人公的自豪感，看到他们因受到生活照料而带来的满足和快乐。

代表团分别考察了上蔡芦岗乡中华红丝带家园、寄养家庭、儿童患者家庭、“六个一工程”、邵店新和阳光家园。

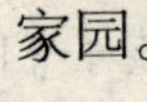

在芦岗乡程老村，大家看到了河南省政府帮助大家兴建的基础设施：一个卫生室，一口水井，一条村路，一座小学，一个村民活动室，一个阳光家园。

在程老村，代表们走访了几个家庭。

在一个艾滋病致孤家庭，60多岁的老两口程某、宋某守着11岁的孙子玉玉过日子。这个懂事的小男孩的父母在2000年因艾滋病相继过世。现在，一家3口每月享受着政府对致孤老人、致孤儿童每人200元的生活补助。

在程家桌上，摆放着一本补助登记簿。北师大教授、博导尚晓援女士说："我看了家庭救助证，都是逐月填写，在外省其他地方，有时看到只填写了一个月。看来，河南的工作是认真的。"

在儿童患者程小小（化名）家，大家看到，6岁的男孩儿小小因母亲怀孕时尚未开展母婴阻断，不幸在母胎里就成为一个艾滋病毒携带者。而他3岁的妹妹则成为艾滋病母婴阻断医治的幸运儿，健康、茁壮。

美国女专家韦晓宇对着小小的母亲雷女士说："儿子现在没有用药，但不能大意。要经常给他检测CD4，保证得到及时治疗。"

CD4细胞是人体免疫系统中的一种重要的免疫细胞，其检测结果对艾滋病治疗效果的判断和对患者免疫功能的判断有重要作用。

9月8日，另一路代表走进信阳市平桥区甘岸办事处二郎村的一个农家院子。正在一边玩耍的小男孩伟伟、云云（化名）停止了他们手中的游戏，端来盛满清水的脸盆，热情地招呼大家洗去远道而来的满面尘土。他们的妈妈站在身后默不作声，对孩子们投去赞许的目光。

仅看这幅画面，谁都不会想到这两个活泼好动的男孩竟然是因艾滋病致孤的儿童，目前居住在二郎村“阳光家庭”。而慈祥的妈妈方女士，竟然是一位与之并无血缘关系的人。

家的客厅两边共有 4 个房间，爸爸妈妈一间卧室，其余两间卧室里各摆了两张床和衣柜，还有一间供孩子们学习玩耍的“活动室”，屋子里整洁干净，井然有序。

这样的家庭就是“阳光家庭”，也称为“模拟家庭”，是以家庭的方式照料孤儿，由政府提供一定补贴，挑选身体健康的夫妻，收养因艾滋病致孤儿童，组建一个新家庭。

“阳光家庭”的建设标准为 6 万至 8 万元，为单门独户院落。一个“阳光家庭”容纳 4 至 6 个孩子。入住“阳光家庭”的艾滋病致孤儿童，每人每月可领取 200 元生活费。每个“阳光家庭”招聘一对“爸爸妈妈”，照顾艾滋病致孤儿童。“爸爸妈妈”必须是合法夫妻；其中一人是高中以上文化程度；有一定经济基础；无不良嗜好；有爱心和耐心，愿意收养这些孤儿。

伟伟、云云正是生活在这样一个特殊的环境中，在这个家庭里，有陌生的爸爸妈妈，还有两个姐姐，她们因为在外上学暂时不在家中。

据民政厅副厅长孟超介绍，当时，河南省已有170多所这样的“家庭”。

“他们有亲人，但是伟伟的爷爷年纪太大了，不方便照顾他。”已经做了两年义务母亲的方女士摸着伟伟的头，对大家介绍着孩子们的情况。

方女士说，自从这些孩子失去父母之后，便被当地民政部门的工作人员送到这里。伟伟、云云现在二郎村春蕾小学上四年级，他们不仅是同龄、同班，更是同桌。两个人每天一起上学、放学，一起做功课、交朋友。

说到这里时，儿子伟伟插话道：“我们俩都有8个好朋友，而且是一样的朋友哦。”

方女士说这些孩子都很听话，毕竟都是一个村子的，以前也比较熟悉，因而相处起来不是十分困难。“开始会陌生一点，但是慢慢就好了。”方女士很欣慰，说这些孩子很懂事，不需要自己过多地担心，空闲的时候还会帮她做做家务。

听见妈妈的夸奖，两个孩子显得有些不好意思，直往妈妈身后钻。

看着悬挂在客厅墙壁上的“全家福”，方女士说，这些孩子从小就比同龄的孩子特殊一些，心理上比较敏感，有时候一家人在一起吃饭，也会突然想起自己的亲生父母。相处这两年中，孩子们对他们夫妇的陌生感基本消失了，现在他们都互相把对方当做自己真正的家人。

据方女士所说，自己有一个上高中的儿子，一个月回来一次，与“阳光家庭”的孩子也都很熟悉，彼此之间相处十分融洽。

当记者问到伟伟、云云生活情况和最需要什么时，云云问道：“我们长大以后，妈妈就会有新的孩子了，那时候我们怎么办啊？”方女士一下搂起两个孩子：“别怕！我永远都是你们的妈妈。”

当伟伟、云云看到金发碧眼的联合国儿童基金会艾滋病预防与关怀处处长林凯时，特别好奇，虽然语言不通，却一直偎在林凯身边，最后还拉着林凯到自己所就读的学校参观。

和孩子们短暂相处之后，林凯感触良多。他说，孩子们的表现让他看到了孩子的未来。他认为，这种“模拟家庭”非常有创造性，对于孩子来说基本就像生活在自己家庭中，有父母的关怀，在家庭的环境里养育孩子是最好的，孩子能融入社会，会比在集中供养的场所更利于孩子的健康成长及发展。

三、中央关怀

●2005 年春节来临之际，温家宝冒着严寒，沿着积雪泥泞的乡间小路来到芦岗乡南大吴村。

●温家宝动情地说：“无论是艾滋病致孤儿童还是患儿，全社会都要关爱他们，不能歧视他们。”

●温家宝说：“我应该感谢你们。广大医护工作者从事艾滋病防治事业，有你们，村民就有了依靠，病人就有了依靠。这个岗位很艰苦，危险性大，收入也不高，要干好，需要有一种献身精神。”

温家宝考察艾滋病防治工作

2003 年 12 月 1 日，是世界艾滋病日。

10 时 30 分，阳光融融，给严冬的北京带来一片暖意。

中央政治局常委、国务院总理温家宝和国务院副总理吴仪，在北京市委书记刘淇、北京市代市长王岐山的陪同下，来到北京市地坛医院。

北京市地坛医院是当时国内唯一一家拥有艾滋病药物研究资格的国家级临床基地，已诊治了 600 多例艾滋病患者。

温家宝看望了正在这里住院治疗的艾滋病患者，并代表党中央、国务院向辛勤工作的医护人员，向所有为艾滋病防治工作作出贡献的卫生工作者和社会各界人士表示衷心的感谢，向全国的艾滋病病毒感染者和患者表示亲切的慰问。

2003 年世界艾滋病日的主题是“相互关爱，共享生命”。温家宝胸佩象征着关爱艾滋病患者的红丝带来到地坛医院的“红丝带之家”，与 3 名因输血感染的患者一一握手，并肩坐在一起攀谈起来。

温家宝关切地询问患者的治疗康复、家庭生活和子女就学情况。当得知他们得到社会关爱，病情正在好转时，温家宝十分高兴。他说："艾滋病是可防可治的，要坚定战胜疾病的信心，全社会都在关爱你们。"

温家宝叮嘱医护人员，要为患者提供好医疗、护理、健康宣传和法律援助等人文关怀，共同营造出全社会抗击病魔、关爱患者的良好氛围。温家宝强调：

各级政府要以对人民高度负责的精神，进一步做好艾滋病防治工作：

第一，广泛开展宣传教育，使全社会广大群众正确对待艾滋病，重视防治工作。

第二，依法加强监督管理，及时准确报告疫情，加强疫情监测监控。

第三，继续加大投入，实行免费抗艾滋病病毒治疗，免费匿名检测，免费实施母婴阻断，对艾滋病患者的孤儿实行免费上学。

第四，加强国际合作，以负责任和更加开放的态度，与国际社会一道共同探讨预防与控制艾滋病的对策。

温家宝最后说：

广大医护人员在艾滋病救治和关怀工作中付出了大量心血，赢得了艾滋病病毒感染者和患者的爱戴，要继续发扬救死扶伤的人道主义精神，为艾滋病防治作出新的贡献。全社会都要行动起来，共同努力预防和控制艾滋病，保护世界，保护人类，保护自己。

在世界艾滋病日，温家宝总理在公开场合佩戴红丝带、与艾滋病人握手，以切实行动作出了“共享生命”的承诺。

对于温家宝总理探访艾滋病人，联合国中国艾滋病专题组主席泰丽雅表示了赞赏。泰丽雅表示：

> 联合国对这样的举动期待已久，这是一件大好事，具有重要的象征意义；正如在其他的一些国家一样，具有激励能力的领导人接触患者，有助于使社会认识到，与患者可以进行正常的社交接触。

吴仪关心艾滋病防治工作

2003年12月18日至20日，中央政治局委员、国务院副总理吴仪，在河南省委书记李克强、省长李成玉陪同下，来到驻马店市上蔡县和郑州市深入调查，研究艾滋病防治工作的政策和措施。

吴仪走进上蔡县文楼村卫生所，察看了对艾滋病患者的检验工作，看望了医护人员和就诊的艾滋病病毒感染者及患者，详细询问防治工作情况。她又走访了两户艾滋病患者家庭。

随后，吴仪在上蔡县召开了艾滋病患者座谈会。

吴仪同患者亲切握手，促膝攀谈，了解感染发病过程、对治疗药物反应等，鼓励他们相信政府，树立信心，配合治疗，早日康复。

有位村民说："副总理看上去很和蔼，面带笑容。"

吴仪还考察了省人民医院、郑州市疾控中心和金水区富田丽景社区公共卫生服务站，分别召开了防治专家和省、市、县、乡、村医务人员座谈会，听取了省委、省政府艾滋病防治工作情况汇报。

据汇报，河南省部分地区由于1995年前的采供血问题，导致艾滋病传播。近年来，河南省高度重视，严厉打击有关犯罪活动，不断加大防治工作力度，取得了明

显成效。

吴仪对此给予充分肯定。吴仪强调说：

我国艾滋病的预防控制形势严峻，必须坚持政府主导，部门协作，全社会共同参与，全面加强防治。要广泛开展宣传教育，切实消除对艾滋病病毒感染者和患者的歧视。要严明疫情报告纪律，切实加强疫情监测，准确掌握疫情，对瞒报、漏报和迟报要追究主管部门负责人和工作人员的责任。

要把中央的防治工作部署和对患者的救助政策措施落到实处。要继续加大对非法采供血的打击力度，建立规范的采供血机构，加强对卖淫嫖娼、吸毒等方面的综合治理。要密切关注和妥善处理艾滋病引发的社会问题，维护社会稳定。

吴仪对各级政府艾滋病防治救助工作提出要求：

各级政府都要关心和爱护从事艾滋病防治工作的医护人员，充分发挥他们的作用。广大专家和医护工作者要加强学习和培训，增强自我防护意识，提高救治水平，勇挑防治重担。各地要结合实际，努力探索总结艾滋病防治的有效方式，发扬抗击非典的精神，扎扎实实地搞好艾滋病防治工作。

12 月 18 日 15 时许，吴仪视察上蔡县艾滋病村后，正准备乘车离开下榻的驻马店市某一大酒店时，一名头戴黑色鸭舌帽、身穿黑色中长风衣的中年男子乘警卫不注意，跟着随从工作人员上了吴仪乘坐的面包车。

这位中年男子向吴仪打招呼说：“吴总理您好，我以前是《经济半小时》的记者，占用您两分钟时间，向您反映一件事。”

吴仪和这位男子握手，并把旁边座位上的包移开，请他坐下。

那位男子道谢之后坐在吴仪身边说：“我和一位中医专家专门到艾滋病村调查一种能有效治疗艾滋病的中药，经过与部分患者接触，他们普遍要求服用这种药。”

这时，车上有些人和警卫发现这名男子不是同行的，就往下拽他，被吴仪制止了。吴仪说：“你们别这样对他，让他把事情说完。”

吴仪对这名男子反映的事非常重视，后来派卫生部调查组到上蔡县文楼村暗访了 14 天之久。

2004 年 2 月 19 日，吴仪在全国中医药工作会议上的一番讲话，给中医药的发展带来了新的希望。

吴仪一改卫生系统几十年一贯的“中西医结合”提法为“中西医并重，共同发展”，并针对以往用审定西药的标准来审定中药新药的做法，提出“在中药、民族药的新药审批中，要制定区别于审批西药的标准”。

吴仪的讲话，引起了强烈反响，中医药界为之振奋。全国中医药工作会议根据吴仪的指示精神，作了一个突破性的部署，就是将在河南等5省开展中医、中西医结合防治艾滋病的工作，对农民和经济困难的艾滋病患者免费发放中药。

这是上蔡县艾滋病疫区广大患者期盼已久的关怀，也是全国艾滋病患者的福音！

2004年3月10日，民间中医孙传正来到上蔡县。孙医生此次到上蔡县是受上蔡县艾滋病防治救助办公室主任冯世鹏的邀请，这是孙医生在上蔡县免费救治艾滋病患者三年多来，第一次受到这样的礼遇。

晚上，冯世鹏在上蔡县宾馆请孙医生吃饭。冯世鹏说，根据召开的全国卫生系统厅局长会议精神，将筛选认定几种有效治疗艾滋病的中药，免费向患者发放，县艾防办在众多试用药品中首推孙医生的艾立康。

温家宝看望艾滋病防治教授

2004年6月11日，在湖北考察工作的国务院总理温家宝，专门抽出时间，登门看望积极参与艾滋病防治工作，并做出优异成绩的武汉大学中南医院教授桂希恩。

桂希恩教授主要从事血吸虫病、组织胞浆菌病及艾滋病的防治与研究，先后取得多项科技成果。

这几年，桂希恩教授经常深入农村为艾滋病患者治疗，还让病人住在自己家中为他们提供治疗方便。他积极对医务人员进行防治艾滋病培训，在社会各界宣传防治艾滋病知识，产生了良好的社会影响。

桂希恩教授家简朴整洁。温家宝一走进客厅，就紧握着桂希恩的手说：“我在电视上看到你的事迹，很感动。我还在最近召开的‘两院’院士大会上表扬了你的事迹。这次到湖北出差，专门来看看你。”

桂希恩谦虚地说：“谢谢总理。我只是尽了一个医疗工作者的职责，做得还不够。”

温家宝接着关切地询问了桂希恩的工作生活情况。当谈到都曾经在西北地区工作过，说起那些熟悉的地名时，两人会心地笑起来。

温家宝接着说道：“我一会儿到你办公室聊聊。听听你们对防治艾滋病工作的意见和建议。”

桂希恩说："好。中央对防治艾滋病越来越重视，政策也越来越好，任何一个有良知的人都为此感到高兴。"

温家宝说："对防治艾滋病我们必须高度重视。不然，这个疾病会拖累国家的发展，影响人民的身体健康，造成社会问题。我们必须从中国的国情出发，找出一条防治艾滋病的路子。"

随后，温家宝和桂希恩一起来到中南医院，与医护人员坐在一起，了解艾滋病防治工作情况。

桂希恩说："现在我们对血液传染艾滋病基本找到了有效的控制办法。但性传播艾滋病开始波及一般人群，有增多的势头，迫切需要加强防治艾滋病的教育。特别是要加强农村教育，让年轻人多接受一些教育，远离艾滋病。"

温家宝说："你讲得有道理。"

桂希恩说："我在工作中还发现，吸毒感染艾滋病的情况也有所增加。必须加大禁毒、戒毒工作力度，防止其蔓延发展。同时，母婴传播艾滋病的情况也比较严重，在防治艾滋病工作上还应重视对母婴的保护。"

听着桂希恩的介绍，温家宝神情越来越凝重。

桂希恩接着说："我提一个建议，艾滋病研究需要各方加强配合，协同作战，才能尽快见到成果。我希望和大家一起，为老百姓做更多有益的事。"

温家宝点头表示赞同。

随后，中南医院负责人及医务人员分别就防治艾滋病发表了自己的看法。温家宝在认真听取每一位同志的发言后发表了讲话。

温家宝说：

党和政府把防治艾滋病摆到一个十分重要的位置。今年的政府工作报告第一次提出要把防治艾滋病以及非典型肺炎、乙肝、血吸虫病作为卫生工作的一个重点。我们还向世界公布中国艾滋病病毒携带者和感染者的调查数字，制定了综合防治艾滋病的措施。

当前，我们应摸清艾滋病高发地区的病源和防治工作的主攻方向。要继续加大投入，坚持实行免费抗艾滋病病毒治疗，免费匿名检测，免费实施母婴阻断，对艾滋病患者的孤儿实行免费上学。全社会要给艾滋病患者更多的关爱，绝不能歧视他们。

要积极做好切断病源工作。第一，阻断血液传播，继续加强血浆、输血等管理，打击血霸。第二，高度重视性传播艾滋病问题，加强社会管理，依法打击卖淫嫖娼。第三，加大禁毒、戒毒工作力度，依法从重从快严厉打击毒品犯罪活动。对吸毒人员要用心理和生理相结合的办法进行治疗，让他们尽早恢复健康。第四，要宣传艾滋病防治知识，宣传艾滋病科学预防的方法。

要着力提高全民素质，特别是提高农民的文化素质，这是艾滋病防治工作的一项治本之策。这就要发展农村经济，改善农民生活，让孩子们上学。中央已经采取一系列扶持农业的政策措施，并且见到成效。前两天我到农村走了走，发现农民的心情比较好。我们还会继续加强农村教育，提高农民的文化水平。同时，我们准备在农村推广合作医疗和大病统筹，让农民看得起病，不断提高身体健康水平。

讲到最后，温家宝加重了语气：

我们必须提高全社会的道德素质，提高对艾滋病危害性的认识，树立防治艾滋病的信心，还国家一片净土，还艾滋病患者一个美好的心灵。这需要医疗工作者的献身精神，更需要全社会的共同努力。

温家宝与患者共度春节

2005年春节来临之际，中央政治局常委、国务院总理温家宝和全国人大常委会副委员长韩启德，代表党中央、国务院看望和慰问艾滋病患者。

温家宝冒着严寒，沿着积雪泥泞的乡间小路来到芦岗乡南大吴村。

在村卫生所，温家宝向医务人员详细了解艾滋病防治工作。他来到正在输液的患者病床前，握着患者的手仔细询问病情，鼓励他们树立信心，坚持治疗。

在一位患者家，温家宝亲切地拉起家常。当得知他正在积极治疗、病情稳定时，温家宝满意地点点头。

一位患者含泪告诉总理，在政府的关怀下，经过积极治疗，他的病情明显好转，体重增加20多斤。温家宝听了很高兴。

文楼村是上蔡县艾滋病暴发最早的村庄之一。2004年，河南省向文楼村等38个全省艾滋病重点村派出了驻村工作队，帮助患者治疗，改善生产生活条件。

经过一年的努力，文楼村的面貌发生很大变化，艾滋病防治工作取得明显成效，群众生活得到改善。村里建起了设施完备的小学、深井自来水塔、标准化卫生所和群众文化活动广场，实现了村通公路、户通自来水，所有艾滋病患者得到免费治疗。

在这里，温家宝主持召开座谈会，听取了10位艾滋病患者的发言。温家宝听得很认真，并不时询问他们的病情变化和家庭生活。

一位患者激动地说，她夫妇俩都染上艾滋病，经过治疗病情好转，现在能正常劳动，去年净挣1万多元。这都是党的政策好，政府领导好，干部工作好。

温家宝听了脸上浮现出欣慰的笑容。他说，你们是艾滋病的受害者，你们最痛苦、最困难、最孤寂，党和政府非常关心你们。你们要树立战胜疾病的信心。

临别时，温家宝与艾滋病患者合影留念，并一一握手道别。

下午，温家宝来到邵店乡籽粒村和丁楼村。村民仝保良、许让的儿子和儿媳因患艾滋病去世，只留下孤寡老人和孩子，家庭生活十分困难。

在仝保良家，温家宝亲切询问老人的身体状况和孩子的学习情况，叮嘱老人保重身体，一定要把孩子拉扯大。

在许让家，温家宝神情肃穆地看着她儿子、儿媳生前的照片，关切地询问老人的生活情况，过年能不能吃上饺子，有什么困难。

许让老人激动地说："总理冰天雪地来看我很不容易，感谢总理，感谢党和政府。"

温家宝对随行的当地干部说："对于这样的困难家庭，政府一定要给予更多的关心和照顾。"

2月7日晚，温家宝在驻马店市主持召开座谈会，同省、市、县负责同志以及医务人员、驻村工作队员共同研究艾滋病防治工作。

温家宝指出，预防和控制艾滋病，关系到中华民族的素质和国家兴亡，关系到经济社会发展全局。当前，艾滋病防治工作正处在一个关键时期。各地、各有关部门要认真贯彻落实中央的部署，加大工作力度，切实做好防治工作。他强调，在党中央、国务院的领导下，动员全社会的力量，我们一定能够遏制艾滋病的蔓延和扩散。

2月8日，在大年除夕夜，温家宝总理心里还惦记着那些因为艾滋病失去亲人的孩子、老人："他们过得怎么样？能不能吃上热热乎乎的年夜饺子？"

20时20分，白天走访了4个村庄、看望了8个艾滋病患者家庭后，温家宝又冒着雨雪往芦岗乡"阳光家园"赶去。

夜幕降临，雨雪霏霏，让隆冬的中原大地更添了几分寒意。此起彼伏的爆竹声，在寂静的乡村，传递出浓浓的节日气氛。坐落在上蔡县城北郊的"阳光家园"，占地47亩，目前收养了46名孤儿和23名孤寡老人。夜色中，家园里灯火通明，鲜花摆成的"欢度春节"4个大字分外醒目。

沿着积满冰雪的道路，温家宝在"阳光家园"内仔细参观，与孩子、老人亲切交谈，关切地询问他们的学习、生活和健康状况，并送上书包、棉衣等新年礼物。

在孩子们的宿舍，看到叠得方方正正的被子和明亮的窗子，温家宝赞许地点点头。

在教室里，温家宝坐上学生座位，检查课桌、课椅的高度，翻看孩子们的课本、作业本，并打开文具盒，一支笔一支笔地仔细察看。看到孩子们学习用具都很齐全、学习条件很好，温家宝的脸上浮现出笑容。

他对陪同的当地干部说，孩子们失去父母是个苦难，但是这样的孩子容易早懂事，懂得生活，懂得努力。我们要好好关心他们、帮助他们。他勉励雷永闯等小朋友，一定要好好学习，将来做个有出息的人。

娱乐活动室里，3 个小朋友正在弹琴、唱歌，墙壁上贴着“一切为了孩子，为了孩子的一切”的红字标语。

温家宝静静地站在孩子们面前，欣赏她们的歌声。

12 岁的程文龙正和小朋友打乒乓球，见到温家宝走了过来，大胆地邀请温爷爷也来玩一会儿。

“好!”温家宝说着，拿起了球拍，“不过，你得让我一下。”总理幽默的一句话，说得大家都笑了起来。精彩的对攻，赢得阵阵掌声和喝彩。

夜渐渐深了，“阳光家园”的春节联欢晚会即将开始。温家宝和孩子、老人们一起来到在大餐厅布设的会场。

舞台正中的后幕墙上，张贴着巨大的金色“春”字和“幸福快乐”4 个大字。彩色的“福”字、火红的中国结，还有阵阵欢声笑语，让场内涌动起融融的春意。

“多少次，我们梦中呼唤爸妈！多少次，我们渴盼失去的温暖！危难时刻，祖国妈妈来召唤，党中央、国务院号召全民关爱咱……”魏健、魏婉丽等15位小朋友发自内心的诗朗诵，深深感染全场观众。

“妈妈哟妈妈，亲爱的妈妈，您用那甘甜的乳汁把我喂养大……”熟悉的旋律，牵动人们的思绪；稚嫩的歌声，诉说着满腔的衷情。12岁的孤儿李艳荣领唱的《党啊亲爱的妈妈》把演出推向高潮。温家宝和全场观众一起击掌、合唱，歌声经久不息……

“党啊党啊亲爱的党，您就是我最亲爱的妈妈……”温家宝总理站了起来，全场观众站了起来。

在这个万家团圆之夜，共和国的总理和这些曾经无助、曾经迷茫、曾经彷徨的孤儿、孤老们，一起用歌声表达对党、对祖国、对人民的深情厚谊。

温家宝站在舞台正中拥着孩子对全场观众说：“艾滋病这场灾难使我们的孩子们失去了父母，使我们的老人们失去了儿女，毁灭了许多家庭。但是，在党和政府的关怀下，他们又组成了一个新的家庭，这就是‘阳光家园’。我们都生活在祖国这片热土上，都在党和政府的阳光照耀下。我们应该互相关爱，共享改革和建设的成果。”

温家宝深情地说：“孩子们失去父母是痛苦的，但是也使这些孩子从小懂得什么是灾难，什么是生活，什么是希望，什么是力量。灾难使老人们失去了儿女，但是他们面前有更多关心他们的孩子们，他们可以过一个安祥的、幸福的晚年。这就是‘阳光家园’。一座‘阳光家园’建立起来了。我相信，许多相同的地方，一座座

‘阳光家园’也会建设起来。实际上，我们伟大的祖国就是一座最大的‘阳光家园’！”

总理感人肺腑的讲话，激起热烈的掌声……

“我对地方的领导有一点希望：就是你们要花更多的时间，拿出更多的力量，关心孩子们、关心老人们，关心因艾滋病而遭受痛苦的人们。我愿借这个机会，向上蔡县，向河南省，向全国的艾滋病人表示亲切的慰问！向为艾滋病防治工作无私奉献的广大干部、医务工作者和志愿者表示深深的谢意，祝大家新春愉快，给大家拜年！”说到这里，总理向大家深深地鞠躬，然后拥抱着孩子，深情地亲亲他们。

掌声，更加热烈……

热腾腾的饺子端了上来。温家宝和孩子、老人们围桌而坐，他亲切地给大家夹饺子。

李保坐在总理的左侧，久久没有动筷。温家宝慈爱地对他说：“吃吧，趁热吃，多吃一点。”

小李保的眼圈红了，他对温家宝说：“爷爷也吃。”

“好，我也吃。”说着，温家宝夹起一个饺子。

“我就拜托你们了，一定要把这些没有父母的孩子、没有孩子的老人照顾好。”吃着饺子，总理一再叮咛河南省的负责同志。

“请总理放心，我们一定会认真落实！”河南省委书记徐光春郑重地对总理说。

屋外，鞭炮齐鸣。一个充满希望的新年正在走来……

温家宝邀请艾滋病致孤儿童进京

2006年12月1日9时50分，在中南海，国务院总理温家宝和国务院副总理吴仪，佩戴红丝带，提早来到紫光阁，准备迎接一群特殊的客人。他们是来自河南、云南、辽宁、安徽和山西等地的15名艾滋病致孤儿童和患儿。

时针指向10时整，见面的时间到了。刚听到孩子们的笑声，温家宝就快步走向入口处，向孩子们迎去。这些孩子中，不少温家宝以前在下乡考察时都见过面。

温家宝弯腰抚摸着来自河南上蔡的艾滋病致孤儿童程文龙说："我们去年春节还一起打过乒乓球！"

随后，他又对来自同一地方的魏婉丽说："你写的信我收到了。你收到我给你的回信了吗？"

看到来自云南的傣族小姑娘凤伦，温家宝关切地问："你冷不冷？"凤伦回答说不冷。温家宝叮嘱她天气冷，要注意保暖。

温家宝一边跟孩子们说着话，一边亲自领着大家走出紫光阁，前往旁边的小礼堂。温家宝在孩子们的簇拥下，首先欣赏他们带来的一幅幅洋溢着童趣的绘画。

一幅由15名孩子共同完成、名叫"我们都一样"的作品吸引了总理的目光。

“这名字起得好。”温家宝动情地说，“无论是艾滋病致孤儿童还是患儿，全社会都要关爱他们，不能歧视他们。”

“明媚的阳光下，只有一个孤单的孩子……”一幅孩子的画作和上面的文字引起了总理的注意。他把小作者拉到身边，轻轻地抚摸着他的头说：“你们不会孤单，因为有好多人在关心你们。”

随后，温家宝请孩子们就座。他说：“孩子们，你们到家了。让我们一起度过今天这个特殊的日子，真心希望你们在中南海过得愉快。下面，你们每人都说一两句话，唱个歌也行，好不好？”孩子们用热烈的掌声欢迎温爷爷的提议。

温家宝侧身转向坐在他右边的黄新雷说：“你是第一个。你是演节目还是讲几句？”

这位来自安徽阜阳的 12 岁男孩向温爷爷介绍说：“我的父母都因艾滋病去世了，现在和两个姐姐与年迈的奶奶生活。以前我们生活很苦，冬天没有棉被盖，也没有棉衣穿。后来在政府和‘阜艾协会’的帮助下，我和姐姐都能快乐地生活。我长大了想当一个医生，让这个世界不再有受艾滋病影响失去父母的孩子，不再有艾滋病。”

“你讲得很好。”温家宝用掌声表扬黄新雷，他说，“听到你讲现在生活比过去好多了，我心里感到安慰。”

父母因感染艾滋病先后去世后，12 岁的景颇族男孩供胖成为孤儿。说起家里的事情，供胖有些难过。

“你不要难过。”温总理安慰他说，“艾滋病家庭的孤儿和感染艾滋病的孩子经历了更多的磨难，应该比别的孩子更坚强。你是个健康的孩子，你很有希望。只要从小锻炼身体，努力学习，将来一定会成为有用的人。”

温家宝在 2005 年春节到河南上蔡考察时，曾前往“阳光家园”看望过包括何纯杰在内的许多艾滋病致孤儿童。两年后的今天，温总理是第二次和她见面。

“‘阳光家园’的孩子们都好吗？老人们都好吗?”总理关心地问何纯杰。

在听到肯定的答复后，温家宝说：“一定要把‘阳光家园’办好，办成充满阳光、充满温暖的地方，要让孩子们感到跟正常家庭一样，生活不困难，上学不困难，甚至更好。”

随后，9 位孩子表演合唱《感恩的心》。“我听出你们是在用心唱歌，一是感谢帮助过你们的人，二是表示在命运面前不低头，对人生充满信心，就像你们唱的：‘花儿总会开的’!”温家宝说。

来自辽宁的 10 岁男孩子小峰不幸感染上了艾滋病。当地为了解决他一个人的上学问题，特意设立了一所爱心小学。今天，小峰和他的老师王立军也被总理请来了。

“王老师，你不容易，你有一颗爱心。谢谢你。”温家宝询问了小峰的学习情况后说。

15 岁的黄金红和 14 岁的黄新梅是黄新雷的姐姐。姐弟3人从政府和“阜艾协会”定期获得资助，还利用课余时间种了二亩地。从每月开支从哪里来、种什么庄稼到冬天怎么取暖，温家宝详细地询问他们一家的生活。

温家宝说：“各级政府要认真贯彻‘四免一关怀’的政策，不断加大政府对防治艾滋病的投入，社会也要关注艾滋病，形成一种全社会关心的风尚。”

这时，姐姐黄金红大胆地站起来说：“温爷爷，我们不会辜负您的希望，我们会好好学习，将来成为国家的栋梁。”听到这里，温家宝点了点头。

在座谈结束时，温家宝向15位孩子每人赠送文具和一套签名图书，并和大家合影留念。

随后，温家宝一边叮嘱孩子们穿好衣服，一边带着孩子们来到礼堂门口坐车。在车门前，温家宝手扶着孩子，把他们一一送上车。

车启动了，缓缓地向前开去。车后，温家宝不断地向孩子们挥手道别。依依惜别的深情，使寒冷的冬天荡漾着一丝浓浓的春意。

2006年12月1日晚，“中国的温暖——关注艾滋病致孤儿童，奉献爱心公益行动”大型公益文艺晚会在北京中国剧院举行。国务院总理温家宝同16名艾滋病致孤儿童和患儿代表一起观看了演出。

这次公益文艺晚会，是由国务院防治艾滋病工作委员会办公室、卫生部、全国妇联、中宣部、民政部、教育部、广电总局、共青团中央、人口计生委等共同主办。

晚会以爱心红丝带为主线，将艾滋病致孤儿童的真实故事与饱含深情的文艺节目相结合，充分体现了党、政府和社会各界对艾滋病致孤儿童的关怀，既真实，又感人，不时赢得观众热烈的掌声。

国务院防治艾滋病工作委员会成员单位负责人，驻京国际组织代表，部分艾滋病医务工作者、艾滋病防治人员、预防艾滋病宣传员等约1200人一同观看了晚会。

温家宝和观看演出的各界人士还向关爱救助艾滋病致孤儿童活动捐了款。

温家宝再探艾滋病患者

2007年12月1日，是第二十个世界艾滋病日。世界艾滋病日前夕，国务院总理温家宝再次到河南上蔡县考察工作。

“总理又来看望我们啦！”“总理心里一直惦记着咱们呢！”令人欣喜振奋的好消息像长了翅膀，在上蔡县的城乡迅速传开。

上蔡县的很多艾滋病患者至今还清晰地记得，2005年的除夕之夜，共和国的总理就是在这里与他们共同度过的。那个再亲切不过的温暖笑容，那件再普通不过的蓝布棉袄，成为每个人珍藏在内心的美好回忆。

在芦岗乡王营村的中华红丝带家园五年级教室里，20多位艾滋病致孤儿童正在上数学课。园长孙继承兴奋地跑来：“孩子们，总理看望你们来了！温爷爷看望你们来了！”

一身深灰色便装，一双普通的运动鞋，当温家宝的身影出现在教室门口时，孩子们齐刷刷地站起来，惊喜地喊道：“温爷爷好！温爷爷辛苦啦！”

温家宝慈爱地招呼孩子们坐下，他抚摸着张淑婉小朋友的肩头问：“多大了？”“家里还有爷爷奶奶吗？”“学习怎么样啊？”

“报告总理，我11岁了，家里还有爷爷奶奶，我的学习……还差不多吧。”张淑婉小朋友说。

温家宝又轻声问：“父母去世几年了？那时候你那么小，还记得吗？”

“不记得了。”孩子慢慢地低下了头，两个大拇指互相抠着。

温家宝深情地说：

孩子们，我们来看望你们，因为我们惦记着你们。说起来你们很不幸，从小失去了父母。但你们也很幸运，全国有很多人关心爱护你们。你们正是长身体、学知识的时期，希望你们走出从小失去父母的阴影。

要记住一句话：大地总是光明的，太阳总会出来的。我们就是要让世界充满阳光、让社会充满阳光、让孩子们的心充满阳光。

你们虽然没有父母，但是你们还有更多的亲人。艰苦的童年也许在你们一生中是个磨炼，让你们更早懂得生活的艰辛，懂得今后成长的道路是不平坦的。因此你们就会更加努力学习，把自己培养锻炼成为一个于人民、于社会有用的人。

去年“阳光家园”的孩子们到北京来看我们，唱了一首歌叫《感恩的心》。孩子们对社会、对国家、对人民感恩，而社会、国家和人民要给予孩子们应有的关爱，这样我们这个社会才会是一个充满公平和正义的社会。

看到你们学习的环境很好，男孩子、女孩子小脸都红扑扑的，我们心里很高兴。祝愿孩子们心情愉快，乐观地对待生活。

温家宝一番体贴、炙热的话语打动了每一个孩子幼小的心灵，一些孩子眼角湿润了。

温家宝主动提议："我们一起唱个歌好吗？谁起个头？"

班长蔡秋阳站起来，孩子们与温爷爷一起高唱："我们是共产主义接班人，继承革命先辈的光荣传统。爱祖国、爱人民……"嘹亮的歌声、清脆的童声，响彻整个家园。

四年级的孩子们正在上电脑课，温家宝走到林洁小朋友的身后。小女孩腼腆地笑着，用键盘打出了一行字："温爷爷来到这里，我们很高兴。"温家宝笑了，说："你可以再打上一行字——温爷爷来到这里，他也很高兴。"

11 岁的姜运起小朋友正在电脑上作画：蓝色的是天空，红色的是房子，绿色的是门窗。他还把这幅画命名为"温暖之家"。

温家宝问："为什么房子是红色的啊？"

姜运起响亮地回答："因为我们的家很暖和。"孩子质朴的回答把总理逗乐了。

在中华红丝带家园里，教室、餐厅、宿舍、洗澡间、操场一应俱全。温家宝来到孩子们的宿舍，捏捏被褥够不够厚，看看卫生够不够好，向工作人员问得很详细。

温家宝还欣然提笔，为红丝带家园题词“温馨家园”。

在娱乐室里，几个小男孩正在打乒乓球。温家宝拉着和明利小朋友的手亲切地问：“我能打一盘吗？”

“太好啦！”孩子们欢快地跳了起来。

温家宝与和明利推挡了几拍，突然一个漂亮的扣杀得分，赢得了大家的喝彩。他谦虚地说：“你别让我啊。”

小明利毫不示弱，也是一记扣球得分，温家宝开心地笑了：“你不让我了，还是你打得好，你赢我了。”

听说温爷爷又来了，孩子们手捧金灿灿的向日葵给温爷爷表演舞蹈《今天是个好日子》、《种太阳》。

听说温爷爷又来了，2005 年春节曾经和温爷爷共吃年夜饭的吴会杰、魏婉丽等孩子也赶过来了，孩子们还给温爷爷带来了亲手制作的贺卡、书签、幸运星。

吴会杰手拿当年温爷爷给自己碗里夹饺子的照片，动情地说：“温爷爷，每当我看到这张照片，看到您慈祥的面容，就会想起您温暖的怀抱。”

“孩子们，我也想念你们啊。”温家宝说，“咱们这是第二次见面了，唱个歌吧，就唱《感恩的心》。”

“感恩的心，感谢有你，伴我一生，让我有勇气做我自己……”婉转动听的歌声传递着浓浓的深情。

在宽敞明亮的餐厅里，温家宝和孩子们围坐在一起，津津有味地吃着热腾腾刚出锅的三鲜饺子。“味道很好啊。”看到又一盆饺子端上来，温家宝拿起勺子，给每个孩子的碗里又一一添满。“你们正是长身体的时候，一碗不够，要吃饱一点。”

一边吃，总理一边和蔼可亲地问坐在对面的湛文彩小朋友，你长大了想干什么？

“我要当老师。”

“你呢？”总理又问一旁的陈秋芳。

“我要当医生。”“温爷爷，我也要当医生。”“温爷爷，我要当文学家。”“我长大了要当科学家。”

总理频频点头：“我们来统计一下。你们未来的志愿最多的是两个，第一是医生，可见医生在你们的经历中多么重要，形象多么高大。再一个是老师，因为每天传授你们知识、关心你们成长的都是老师。还有的想当文学家、艺术家，都很有志向。我祝愿你们成功。再过十年，你们就长大了，就真的会成为医生和老师。”

和温爷爷在一起的时间总是过得那么快，告别的时候到了。孩子们拉着温爷爷的手，扯着温爷爷的衣襟久久不愿离去。

“温爷爷，再来看我们啊。”

“温爷爷，我们爱你！我们永远爱你！”

孩子们仰起的小脸、渴盼的眼神，感染着、震撼着共和国的总理，他的眼睛湿润了。“你们要照顾好自己，要好好学习。”

车启动了，孩子们跟着温爷爷的车跑着、喊着。

温家宝从车窗探出身去，向孩子们一遍又一遍地挥手致意。

温家宝又来到文楼村。

文楼村是上蔡县艾滋病暴发最早的村庄之一，也是开展综合性艾滋病防治工作最早的地方。

2007 年，村卫生所有 19 间房，8 名乡卫生院的医生常年在这里坐诊。

一走进文楼村卫生所，温家宝就直奔诊断室，与医生和患者攀谈起来。“在这里工作艰苦，安心吗?”他关切地询问医师。

“安心。现在的条件比前些年好多了，感谢党和政府的关怀，我们才有了这么好的医疗条件。”

温家宝挥了挥手说：“我应该感谢你们。广大医护工作者从事艾滋病防治事业，有你们，村民就有了依靠，病人就有了依靠。这个岗位很艰苦，危险性大，收入也不高，要干好，需要有一种献身精神。”

得知现在有些病人出现耐药情况，温家宝仔细向医务人员和随行的武汉大学教授桂希恩询问“比例有多大”，“下一步治疗需要多少费用”。然后，他叮嘱卫生部长陈竺，回去后要认真研究这一情况，寻求解决办法。

在资料室，温家宝认真查看了省卫生厅的艾滋病诊疗管理系统；在药房，温家宝仔细查看农村地区抗综合性感染基本用药目录价格。他还走进 VCT 室，与村民们一起观看宣传防治艾滋病知识的科教片。

看到墙上贴满了普及艾滋病知识的宣传画，温家宝说："筑起长城，就是要筑起自我保护的长城，让大家都有保护意识。过去卖血导致感染，一方面是因为贫穷，另一方面是因为无知。因此，我们要加强艾滋病防治方面的教育和宣传，提高群众的自我防护能力。"

在爱心病房，温家宝俯下身子，为正在输液的患者孙某掖了掖被角。他关切地轻声询问："哪里不舒服啊？"

"没啥大问题，感冒。"

"你们身体免疫力低，容易生病。平时要多注意，记住按时服药，不要间断。"

"'四免一关怀'落实了吗？吃药免费吗？"

"谢谢总理关心，都是免费的。俺真够幸运，虽然得了这个病，但党和政府很关心俺，给俺免费治疗，现在俺们又入了新型合作医疗，还是免费。"

总理深情地凝视着他，坚定地说："新型合作医疗明年额度还要翻一番，由现在的 50 元达到 100 元，个人应该拿 20 元。今天我在这里定下来，你们的这 20 元也全免了，还是光交照片不交钱。希望你一定要树立战胜病魔的信心，学会科学地应对疾病，坚持吃药，积极地配合治疗。要保持良好的心态，一定不要着急。党和政府一定会尽全力帮助你们的。"

文楼的村头一片碧绿，大叶苞菜、大葱等长势正好。远处一排排大棚整齐排列。村党支部书记刘月梅指着生机勃勃的田野，高兴地向温家宝汇报："现在文楼种菜的越来越多，村民靠这挣了不少钱。远处那些大棚，里面种的是木耳，这还是徐光春书记给俺村引进的项目呢，就是让大家干些力所能及的活儿，增加收入。"

温家宝赞许地说："很好。搞些这样的小加工、养殖业，能帮助文楼发展经济。"

温家宝的再次造访，给文楼人带来了巨大喜悦。村民们扶老携幼，跑出家门站到村口的桥边。为了能看上总理一眼，有的人甚至爬上了平房的屋顶。

"我来看望大家了，你们身体好吗?"温家宝向村民们挥手。

"身体好。您的身体也好吧。""总理好，总理辛苦了。"村民们热情地打着招呼，向总理报以阵阵热烈的掌声。

握着村民周玉顺等人的手，温家宝关切地询问："生活上有什么困难没有？有什么问题需要党和政府帮助解决的?"

"政府对俺们可关心了，医疗免费，农业税又全免，这些年的日子好多啦。"村民们争着向总理汇报。

周玉顺说："这些年还好些，前几年一说是文楼的，菜都卖不出去。出去打工也不敢跟人家说实话，只能编个假地址。"

温家宝说："看来，社会的观念还需要转变，整个社会不应该歧视艾滋病人。这种歧视造成的心理压抑，比生活上的艰苦还难受。你们再出去卖菜，就告诉人家，说总理今天中午吃的就是文楼的菜。"一番发自肺腑的话语，再次赢得如潮的掌声。

在村民侯秋霞家中，得知她的女儿今年考上了大学，整个文楼村每年都要出十几名大学生，温家宝感到十分欣慰，他高兴地说："多难兴邦，这个村的未来是光明的。"

村民李彩霞患病之后一直积极乐观，还担任了腰鼓队的队长，这两天本来要到中央电视台参加"一二·一"文艺晚会，听说总理来，就执意要在家等候尊贵的客人。

温家宝得知这一情况，不但到她家做客，还提议要观看一下腰鼓队的表演。队员们兴高采烈地为总理表演她们最拿手的节目。

温家宝与她们合影留念，并且风趣地说："我看了你们的表演，就算补偿你们不去北京演出的损失了。"

与文楼的村民依依话别，温家宝一行又来到邵店乡后杨村。在村民侯云霞的家中，温家宝语重心长地说："要把心放宽一些，不要背上沉重的思想负担。一定要心情乐观，要相信科学会越来越发达，未来还是充满希望的。"在与村民道别时，总理还抱起一个个可爱的小娃娃，捏捏孩子的小脸蛋儿，摸摸孩子的小手，言谈话语中充满了无限爱怜之情。

近年来，河南省积极探索艾滋病致孤儿童安置救助的有效形式。与集中供养、亲属寄养等方式不同，由政府投资、社会捐助兴建的上蔡县邵店乡新和家园采取了“模拟家庭”的形式，由志愿者“爸爸”、“妈妈”和孤儿组合成一个个新的家庭，共同生活。8个“模拟家庭”都由艾滋病致孤儿童、阳光爸爸、阳光妈妈组成，共收养了43名致孤儿童。

一号家庭荣幸地首先接待了温家宝一行。阳光爸爸胡少灵、阳光妈妈张萍、大儿子张永奇、二儿子姜占全、三儿子李上绪、小儿子万康组成了这个毫无血缘关系而又其乐融融的家。

温家宝慈爱地抚摸着4个孩子的头，关心地问：“在这里过得习惯吗？爸爸妈妈对你们好吗？”

孩子们异口同声地回答：“爸爸妈妈很爱我们，在这里就像在家里一样。”

当得知这些家庭的妈妈每月只拿500元补贴费，有的甚至不要补贴时，总理向张萍称赞道：“不在于钱，而在于感情。你是个好心人，模拟家庭是个好形式。”

他转身对4个孩子说：“爸爸妈妈志愿照顾你们，说明他们有爱心。你们要好好学习，将来长大成人之后，要为社会服务，也别忘记孝敬你们的爸爸妈妈。你们4个要像亲兄弟一样互相帮助。从小经受磨炼，长大后会更有出息。”

二号家庭的二女儿刘梦女是个品学兼优、活泼外向的好学生，看到温爷爷到来，她的话匣子一下子就打开了。她向温爷爷展示自己的奖状、绘画、手工艺品，还即兴用电子琴弹奏了一曲《祝你生日快乐》。

“我在原来的家都不过生日。上个月的一天放学回来，妈妈已经做好了一桌好菜等着我，一问才知道是专门为我过生日的。”刘梦女说着说着有些哽咽，“当时我太激动了，妈妈真是我的好妈妈。”

阳光妈妈李凯玲在一旁憨厚地笑着，用右手轻轻拭去眼角的泪花。

温家宝握着李凯玲的手，动情地说：“这就是和谐，就是爱心，人民感谢你们。”

不知不觉中夜幕降临，“阳光家庭”的孩子们纷纷拥来向温爷爷问好。应刘梦女的请求，温家宝略作深思，在她的作业本上写下了“孩子们，为了美好的未来努力学习”的寄语。

温家宝在孩子们的簇拥下缓缓而行，孩子们送了一程又一程，争先恐后地向温爷爷汇报着自己的感受和理想。“温爷爷，我一定会好好学习，考上大学，考到北京，向您汇报！”

听说省委、省政府目前对艾滋病防治重点村的342名适龄少年进行中等职业教育，温家宝欣喜地看着朝气蓬勃的孩子们说：“等你们这些年轻人成长起来，身体健康，又有知识，一定能够把家乡建设好！”

“请温爷爷放心，我们一定牢记您的教诲，努力学习，报效祖国!”孩子们响亮地回答。

返回途中，温家宝还临时停车，走到热情的群众当中，向大家挥手致意。

群众层层围住总理，争相向总理问好，热切的问候和真诚的感谢充盈于耳。温家宝也一次次紧握群众的手，向大家致以美好的祝福。

当晚，温家宝在上蔡县主持召开座谈会，邀请专家和基层干部就防治艾滋病工作发表意见和建议。

温家宝认真听取大家的发言，不时插话，或者认真做记录。

温家宝强调，近年来艾滋病防治工作取得很大成绩，但是绝不可以麻痹和松懈。这是一项长期而艰巨的任务，要做好打持久战的准备，要加强防治艾滋病知识的宣传和教育，综合防治、依法防治、科学防治，在全社会筑起防治艾滋病的钢铁长城。

胡锦涛考察艾滋病防治工作

2007年11月30日，在第二十个世界艾滋病日到来之际，中共中央总书记、国家主席胡锦涛来到北京市朝阳区考察艾滋病防治工作。

胡锦涛代表党中央，向奋战在艾滋病防治第一线的医疗卫生工作者，向积极参与艾滋病防治工作的志愿者，致以诚挚的问候和崇高的敬意。

胡锦涛一直高度关注和重视艾滋病防治工作，2004年曾前往北京佑安医院，看望艾滋病患者和医务人员，了解艾滋病防治工作情况。

3年来，我国艾滋病防治的政策措施落实得怎么样，艾滋病感染者和患者能否及时得到救助救治，胡锦涛对此十分牵挂。

11月30日上午，胡锦涛在北京市委书记刘淇和北京市代市长郭金龙等陪同下，特地来到朝阳区疾病预防控制中心和六里屯秀水园社区，考察艾滋病防治工作。

9时许，当胡锦涛走进疾控中心一楼大厅，一位工作人员就迎上前来，给总书记佩戴上鲜艳的爱心红丝带。

大厅里，一块块展板生动翔实地介绍了近年来北京市艾滋病防治工作面临的形势和取得的进展。在反映北京市艾滋病疫情现状的表格前，在覆盖各类人群的综合监测网络示意图前，在预防艾滋病传播的药品器械实物前，胡锦涛一边仔细观看，一边听取讲解，并不时询问有关情况。

接着，胡锦涛来到艾滋病血液初筛检测室、高危人群健康干预工作室，看望这里的工作人员，了解他们开展工作的情况和取得的成效。

在自愿咨询检测门诊，一名艾滋病感染者正向工作人员咨询有关问题。胡锦涛微笑着向她伸出手去，这位感染者激动地握住总书记的手。

这位感染者还告诉总书记："在我最绝望的时候，是疾控中心的工作人员给了我帮助，把我从痛苦中拉了出来。我一定要用自己的行动回报社会。为了让更多的人远离艾滋病，我把自己的经历写成了一本书。"说着，她把自己写的书送给总书记。

胡锦涛接过书，赞许地对她说："你虽然被感染了，但始终保持乐观向上的生活态度，勇敢同疾病作斗争，并积极投身到预防艾滋病传播的工作中去。你的这种精神和行为令人钦佩。希望你始终保持良好的精神状态，保重好自己的身体，并在艾滋病防治工作中继续发挥作用，祝愿你拥有健康幸福的生活和充满希望的未来。"

听了胡锦涛温暖的话语，她连连表示，感谢总书记对艾滋病感染者的关心。

疾控中心宣传教室的墙上，张贴着"温馨、关怀、信任、理解"的标语，装饰着用一个个红丝带拼成的爱心图案。胡锦涛走进宣传教室，同几位艾滋病患者家属亲切交谈，一一询问他们家庭生活和家中病人的情况。

一位家属告诉总书记，自己和感染艾滋病的丈夫在医务人员帮助下，生了一个健康的孩子。胡锦涛看着孩子的照片，高兴地对她说：“祝福你们，祝福你们的小宝宝！”

胡锦涛深情地说：“作为艾滋病患者的家属，确实很不容易。党和政府始终关心着你们这样的家庭，尽力给予你们实际的帮助。希望你们勇敢地面对困难，用爱心和亲情鼓励病人、照顾病人，使他们感受到家庭的温暖。相信有党和政府的关心帮助，有医务人员的精心治疗，你们的亲人会逐步康复的，你们的家庭也会幸福的。”

总书记体贴入微的一番话，让在场的艾滋病患者家属深受感动。

离开疾控中心前，这里的工作人员纷纷围拢到总书记身边。胡锦涛对大家说：“做好艾滋病防治工作，关系人民群众的身体健康和生命安全，关系民族的素质和国家的未来。目前，我国艾滋病防治工作任务仍很艰巨，需要全社会共同努力。广大医疗卫生工作者是防治艾滋病的主力军。希望你们坚持以人为本，大力弘扬人道主义和无私奉献精神，刻苦钻研艾滋病防治技术，全面做好宣传咨询、健康干预、救治救助等工作，切实把‘四免一关怀’政策落实到艾滋病高危人群、感染者和患者身上，用爱心呵护生命，靠科学战胜病魔，为保障人民健康、促进社会和谐作出积极贡献。”

随后，胡锦涛来到位于朝阳区六里屯的秀水园社区。

这个社区坚持群防群控，在健康教育、行为干预、感染者关怀和管理等方面做了大量工作，是北京市第一个艾滋病综合防治示范社区。

社区露天广场彩旗飘扬，“遏制艾滋、履行承诺”的横幅十分醒目。人们佩戴着爱心红丝带，在这里开展社区艾滋病宣传咨询活动。

胡锦涛走到大家中间，在一个个咨询台前停下脚步，同在场的艾滋病防治专家和志愿者们交谈起来。

活跃在社区的志愿者工作队伍，为防控艾滋病发挥了重要作用。“爱心妈妈”倪素娟身患重病，却始终以饱满热情的参加志愿活动；“青春红丝带”志愿者韩昀峰，组织成立大学生志愿者团体投身艾滋病防控……

听着一段段感人的事迹，看着一张张热情的面孔，胡锦涛动情地对志愿者们说：“艾滋病感染者和患者尤其需要社会的关爱和帮助。近年来，参与艾滋病防治活动的社会团体和志愿者越来越多。大家以自己的爱心，向艾滋病患者伸出温暖的双手，提供热忱的帮助，使他们得到了精神上的鼓励，增强了同疾病作斗争的勇气。你们的工作很有意义。”

胡锦涛希望有更多的人热心参与艾滋病防治活动，给予艾滋病感染者和患者以更多的关爱，共同营造全社会防治艾滋病的良好氛围。

一些国际组织的驻华代表也来到了秀水园社区，参加这里开展的防治艾滋病活动。胡锦涛对他们的到来表示热烈欢迎，对国际社会为中国艾滋病防治工作提供的真诚帮助表示衷心感谢。

胡锦涛说："防治艾滋病是一个世界性课题。中国政府高度重视艾滋病防治工作，热忱关怀艾滋病感染者和患者，认真履行作出的承诺，坚决遏制艾滋病疫情传播。中国政府愿同国际社会加强交流合作，大力推动全球艾滋病防治事业。我坚信，人类最终一定能够战胜艾滋病。让我们携起手来，共同为此做出努力。"

社区广场南侧，一些居民正在演唱《红丝带之歌》。胡锦涛来到他们中间，也拿起歌片，同大家一道唱了起来：

> 一颗颗爱心深情似海，一双双大手送来关怀。
>
> 一条条闪光的红丝带，紧系着人间最美的爱……

饱含真情、满载关爱的歌声，在空中久久回荡。

四、加强科研

●2006年8月19日，科技部、国家食品药品监督管理局在北京联合宣布："我国自主研制的艾滋病疫苗已经顺利完成Ⅰ期临床试验。"

●科技部副部长刘燕华表示："Ⅰ期临床试验的完成……标志着我国艾滋病疫苗研究的科技攻关取得重大突破，填补了我国艾滋病疫苗临床研究的一个空白。"

●2009年3月21日，我国首次艾滋病疫苗Ⅱ期临床研究，在广西南宁宣布正式启动。

我国艾滋病疫苗完成试验

2006年8月19日，科技部、国家食品药品监督管理局在北京联合宣布：

> 我国自主研制的艾滋病疫苗已经顺利完成Ⅰ期临床试验，全部49位受试者均未出现明显不良反应，接种疫苗受试者中产生了针对HIV的特异性细胞免疫反应。

我国开展艾滋病疫苗临床研究是从2004年开始的，这年11月25日，国家食品药品监督管理局批准艾滋病疫苗进入Ⅰ期临床研究。2005年3月12日，首批志愿者在广西南宁接种了艾滋病疫苗。

据项目负责人、吉林大学孔维教授介绍，该艾滋病疫苗临床试验完全按照国际规范程序进行，严格做到了知情同意、伦理审查、随机双盲等规范化要求。

Ⅰ期临床试验受试者共49名，均为18岁至50岁的健康成人，男33人，女16人，分8组进行试验。

2005年3月12日至2006年6月11日，全部受试者完成180天随访观察，共采集血样344份。检测结果表明，疫苗注射15天后就能够使受试者产生针对HIV的特异性细胞免疫反应。

科技部副部长刘燕华表示：

> Ⅰ期临床试验的完成，是我国艾滋病防治技术与产品科技攻关取得的一项标志性重大进展，标志着我国艾滋病疫苗研究的科技攻关取得重大突破，填补了我国艾滋病疫苗临床研究的一个空白。

这一研究结果表明，我国自主研制的艾滋病疫苗有一定的安全性，且达到国际同类疫苗的免疫水平。

2006年12月1日，在我国科学家经过为期一年的药物治疗和随访后证实，国产艾滋病抗病毒药物疗效与进口药物一致，不良反应发生率相当。

在12月1日，科技部表示，此项成果出自国家“十五”科技攻关课题“中国艾滋病病人的抗病毒治疗研究”，并于近日通过验收。

当时，为了证实国产抗病毒治疗药物的疗效，更好地发挥国产抗病毒治疗药物的作用，合理地把握治疗时机，进一步明确和验证最佳治疗方案，科技部会同卫生部在国家科技攻关计划“艾滋病防治关键技术及产品研究”专项中，安排了“中国艾滋病病人的抗病毒治疗研究”这一课题。

研究组在全国范围内从艾滋病治疗研究13个中心的

362 例 HIV 感染者和艾滋病患者中，筛选出 198 个病例，随机编入国产 HARRT 仿制药的 3 个方案组，严格质量监督和控制，进行了为期一年的药物治疗和随访。

研究数据显示，国产艾滋病抗病毒治疗药物可以有效抑制病毒和提升免疫功能指标，58.8% 的患者血浆中的病毒被抑制到测不出水平，国产抗病毒药疗效与进口药物一致。

研究发现，在规范化治疗的情况下，患者耐药发生率较低，明显低于国内其他横断面研究的结果；患者临床状况得以改善，未见新发生的机会性感染和艾滋病相关的死亡；患者出现药物不良反应后经正确对症处理均好转或消失。

另外，研究还初步确定了开始抗病毒治疗的时机。

科技部社会发展科技司司长马燕合说：

> 这项研究成果的取得，对于提高国产艾滋病药物的治疗效果、指导我国艾滋病患者合理用药、减少毒副和耐药反应、制定我国的艾滋病抗病毒治疗规范、更加科学合理地推广应用抗病毒治疗等多方面提供了重要的科学依据。

批准进行疫苗临床试验

2007 年 12 月 1 日，我国自主研制的艾滋病疫苗通过有关方面的严格鉴定，质量合格，获得国家食品药品监督管理局批准进行 I 期临床试验。

中国疾病预防控制中心与北京生物制品研究所联合研制的“DNA—天坛痘苗复合型艾滋病疫苗”，开始在北京协和医院进行第一组志愿者的疫苗接种。

据中国疾病预防控制中心的专家介绍，该艾滋病疫苗，包括 DNA 疫苗和复制型重组痘苗病毒疫苗两个部分，具有我国自主知识产权。

疫苗免疫原选自我国流行最广的 HIV 毒株 CRF－07，包括 4 个基因。疫苗的载体选用天坛株痘苗病毒，是因为该痘苗病毒曾广泛应用于我国的天花疫苗，安全性已得到了数亿人群应用的充分验证。

这一重组艾滋病疫苗已通过有关方面的严格鉴定，质量合格，获得国家食品药品监督管理局批准进行 I 期临床试验。如果疫苗 I 期临床试验成功，科研人员还将进行 Ⅱ 期和 Ⅲ 期的长期研究。

这一疫苗在研发过程中，获得了国家“863”计划课题及欧盟有关项目的资助。

在国际上，艾滋病疫苗研究已有 20 多年，虽然耗巨资进行了此类疫苗的100多次临床试验，但一直没有有效疫苗问世，而且，两项已完成Ⅲ期的临床试验均以失败告终。

到2007年，国际上宣布失败的艾滋病疫苗均为蛋白疫苗或非复制型载体疫苗，属于死疫苗。

与国际上流行的艾滋病疫苗设计理念和技术路线大不相同，我国科研人员此次进行临床试验的，是复制型痘苗病毒载体，属于活疫苗，能在动物上引起很强的免疫反应。

动物实验表明，该疫苗在小鼠及猴子体内均可诱导出很好的体液及细胞免疫反应，并可对猴体感染人/猴免疫缺陷病毒具有保护作用。

专家表示：

> 目前国际艾滋病疫苗界正出现从非复制型载体向复制型载体转变的趋势。我国正在进行的艾滋病疫苗临床试验正处于这一潮流的前沿，是当前唯一正在进行的复制型载体艾滋病疫苗临床试验。

启动艾滋病疫苗Ⅱ期研究

2009年3月21日，我国首次艾滋病疫苗Ⅱ期临床研究，在广西南宁宣布正式启动。

研究人员希望在此前基础上继续招募志愿者开展新的临床实验，以进一步检验我国自主研制的首支艾滋病疫苗的安全有效性。

与此同时，由吉林大学艾滋病疫苗国家工程实验室与有关单位合作承担的艾滋病疫苗Ⅱ期临床研究也正式启动。

艾滋病在全球流行蔓延的趋势尚未得到根本控制，我国艾滋病防治形势也较为严峻。

“鸡尾酒疗法”被公认为艾滋病疗效最好的一种疗法，但只能稳定或减缓艾滋病病状，不能彻底消灭人体内的病毒。

各国普遍认为，研制出疫苗是解决这一难题的根本途径。

我国艾滋病疫苗研究始于1996年，科研人员在国内艾滋病高发区进行了大量流行病学调查，并从患者血液中分离出HIV－1中国流行株，据此构建了由DNA疫苗及重组病毒载体疫苗组成的复合型艾滋病疫苗，可以说是专为中国人设计的。

2004年11月25日，国家食品药品监督管理局批准我国自主研制的首支艾滋病疫苗进入Ⅰ期临床研究。

2005年3月12日，首批志愿者在广西南宁接种了艾滋病疫苗。Ⅰ期临床研究一共招募了49名志愿者，年龄跨度为18岁至50岁。志愿者们分为8组接种疫苗，研究人员对他们进行跟踪监测，以便对疫苗进行有效性、安全性评价。

2006年6月，Ⅰ期临床研究在广西完成。2006年8月18日，科技部、国家食品药品监督管理局在北京宣布，我国自主研制的首支艾滋病疫苗已经顺利完成Ⅰ期临床试验。

项目负责人之一、吉林大学教授孔维透露，从实际结果来看，参与Ⅰ期临床实验的49名接种疫苗的志愿者均未出现明显不良反应，研究人员还在高剂量组90%的受试者体内检测到对艾滋病病毒的特异性免疫应答反应。

孔维教授说：

这种艾滋病疫苗已具备一定的安全性，其免疫应答反应也达到了国际同类疫苗的水平。

孔维教授表示，在国外一些被寄予厚望的研制项目纷纷受阻或失败的背景下，中国的艾滋病疫苗Ⅱ期临床研究选择迎难而上。他说：

如果这种疫苗能够顺利完成Ⅱ期临床研究，必将成为中国艾滋病防治技术与产品科技攻关的一项标志性重大进展。

此次国家食品药品监督管理局批准进行的Ⅱ期研究，主要目标是在Ⅰ期临床研究的基础上，进一步评价艾滋病疫苗在扩大的健康人群中的安全性和免疫原性，并为能否继续进行评价疫苗效力的临床实验提供依据。

广西壮族自治区疾病预防控制中心主任董柏清透露，Ⅱ期临床研究启动后，第一阶段将再次面向社会招募30名志愿者，在知情同意、保护受试者合法权益的情况下，稳步开展系列实验研究。

Ⅱ期临床研究将由广西壮族自治区疾病预防控制中心、中国药品生物制品检定所、吉林大学艾滋病疫苗国家工程实验室和长春百克药业有限责任公司联合完成，研究现场设在广西，广西壮族自治区疾病预防控制中心作为临床研究现场负责单位。

广西壮族自治区卫生厅艾滋病防治处副处长陈杰表示：

这是我国启动首次艾滋病疫苗Ⅱ期临床研究。它填补了我国艾滋病疫苗Ⅱ期临床研究的空白。

专家们表示，如果这种疫苗能够顺利完成Ⅱ期临床研究，必将成为我国艾滋病防治技术与产品科技攻关的一项标志性重大进展，为今后艾滋病疫苗的进一步研发奠定坚实的基础。

我国在面对艾滋病病魔侵袭时，在党中央、国务院的直接关怀与指导下，在全国各级政府、各部门，各组织、团体和社会慈善人士，以及各种力量的共同协作参与下，最大限度整合并利用现有的社会各种资源和力量，共同对抗艾滋病。

尽管防治艾滋病的形势依然严峻，防治艾滋病的工作丝毫也不能放松。但我们相信，在广大科技工作者和社会各界的共同努力下，艾滋病病魔终将被制服。

“红丝带”行动已经遍及全中国乃至全世界，“世界瘟疫”艾滋病的防治，必定取得最终的胜利。

本书主要参考资料

《飘扬的红丝带》卫生部新闻办公室编 中国协和医科大学出版社

《滋心话集——艾滋病知识读本》高立编著 暨南大学出版社

《生命红丝带》顾学琪 毛颂赞编著 少年儿童出版社

《红丝带的思索》龙秋霞主编 广东科技出版社

《走出媒体污名——中国艾滋病新闻作品集》李希光 肖黎黎主编 清华大学出版社

《生命要设防——预防艾滋病知识普及读本》桂希恩主编 湖北科学技术出版社